Günther Schwab
Der Förster vom Silberwald

EDITION RICHARZ
Bücher in großer Schrift

Günther Schwab

Der Förster vom Silberwald

(Echo der Berge)

Roman

Edition Richarz
Verlag CW Niemeyer

Die Deutsche Bibliothek – CIP-Einheitsaufnahme

Schwab, Günther :
Der Förster vom Silberwald : (Echo der Berge) ; Roman /
Günther Schwab. – Hameln : Niemeyer, 1993
(Edition Richarz, Bücher in großer Schrift)
ISBN 3-87585-896-4

© Verlag CW Niemeyer, Hameln, 1993
Satzherstellung: Richarz Publikations-Service
Umschlaggestaltung: Christiane Rauert, München
Gesamtherstellung: Ueberreuter Buchproduktion, Korneuburg
Printed in Austria
ISBN 3-87585-896-4

Nach diesem Buch wurde der gleichnamige Farbfilm gedreht.
Die Darsteller waren:

LIESL LEONHARD
Anita Gutwell

HUBERT GEROLD
Rudolf Lenz

HOFRAT LEONHARD
Karl Ehmann

MAX FREIBERG
Erik Frey

OBERKOGLER
Hermann Erhardt

KARIN
Erni Mangold

BERTL ERBLEHNER
Albert Rueprecht

VRONI
Lotte Ledl

KAJETAN
Franz Erkenger

BARBARA
Gertie Wiedner

BRANDL
Walter Varndal

PFARRER
Hintz Fabricius

Die Regie führte Alfons Stummer
Die Gesamtleitung hatte Dr. Fred Lehr

Es muß etwas Außergewöhnliches vorgefallen sein! Denn so mir nichts, dir nichts stürmt man nicht in das Wohnzimmer seines Dienst- und Jagdherrn, ohne anzuklopfen! Und daß der Jäger Hubert Gerold das tut, ist ganz besonders auffallend ...

Er hat sich gerade noch Zeit genommen, Hut und Büchse im Hausflur an den Haken zu hängen. Es ist nicht gut, die Waffe aus der Winterkälte in ein wohlgeheiztes Zimmer zu tragen. Sie läuft an bis in alle Fugen, und man hat dann Mühe, sie vor Rost zu bewahren. Aber den Schnee von den Beinen zu stampfen, daran hat er nicht gedacht. Zweifellos: Es muß etwas passiert sein!

Da steht er nun, tief und schnell atmend, in der jäh aufgerissenen Tür und – erstarrt. Es ist also ganz überflüssig, daß die Veronika, die im Winkel saß, aufspringt, ihm mit allen Anzeichen des Ärgers und des Vorwurfs abwinkt und den Finger auf die Lippen setzt, um ihm Ruhe zu bedeuten.

Ach so!

Der Herr Hofrat aber läßt sich in keiner Weise stören. Hat er das plötzliche Erscheinen seines Jägers nicht bemerkt? Er spielt ruhig weiter auf dem Cembalo, mit einem leichten Nicken des alten Kopfes und einem Ausdruck milder Verklärung im Gesicht. Und die Kinder, die ihn im Halbkreis umstehen, zwölf oder fünfzehn an der Zahl, sind so sehr bei ihrer Sache, daß keines sich umwendet und sein Singen unterbricht.

Ein liebes, gutes altes Volkslied ist das. Der Hofrat Leonhard hat es vor kurzem erst einem Archiv entzogen, wo es unter Beigabe von Staub und alten Akten zur ewigen Ruhe beigesetzt war, so daß kein Mensch mehr davon etwas wußte. Jetzt aber lebt es wieder, lebt durch die Klänge dieses ehrwürdigen Instrumentes, lebt in den Kehlen dieser jungen Menschenkinder, und er, der alte Hofrat, hat es zum Leben erweckt, zu neuem Leben. Das ist's, was ihm die innige Freude ins Antlitz malt.

Nun endet es, und der alte Herr erhebt sich, wendet sich den kleinen Sängern zu.

»Kinder, heute war's schon sehr gut! Also, jetzt könnt ihr nach Hause gehen. Auf morgen, Vroni!«

Gut, daß der Hofrat die Singstunde beendet hat! Sie hält es kaum noch aus vor Neugier, die Veronika, was wohl den Jäger veranlaßt haben mag, mit rotem Kopf hereinzustürmen wie ein wildgewordener Stier. Und schon ist sie heran.

»Grüß Gott, Hubert! Was ist denn geschehen?«

fragt sie mit spitzer Nase und funkelnden Augen.

Aber sie hat kein Glück, die Veronika. Der Jäger ist unwirsch.

»Nichts für dich!« sagt er, und das ist beinahe eine Beleidigung!

»A so?« sagt sie eingeschnappt. Dann rauscht sie hinaus, von den Kindern umgeben. Ach, sie wird es schon erfahren!

Und ob sie es erfahren wird, und zwar sogleich! Denn vor dem Haus steht der Steffl, der Vierzehnjährige, der Bauernbub, der so gern Jäger werden möchte und immer mit dem Gerold geht. Der weiß es ganz bestimmt! Es ist sein Freund dabei, der kleine Seppl, und die Buben sprechen mit gewichtigen Gebärden. Ganz sicher wissen sie etwas!

»Steffl!« Schon ist die Vroni bei ihnen. »Was tuschelt's denn miteinander?« fragt sie.

Die beiden Buben sehen sie stumm an, voll Zurückhaltung. Es dauert der Vroni zu lang.

»Was hat's denn gegeben?« bohrt sie.

Der Kleine antwortet ihr, der Semmelblonde, der Achtjährige, mit einem in ernste Falten gezogenen Gesicht: »A, nichts! Das ist Männersach'!«

Jetzt muß sie dennoch lachen, die Vroni, wie sehr sie auch enttäuscht ist.

»Du Lausbub!« sagt sie – und geht.
Aber er hat recht, der Seppl!

Was wäre die Welt, gäbe es keine Inseln darin!

Inseln der Zeitlosigkeit im Meer des Allzuzeit-lichen, Inseln der Ruhe, der Liebe, der Besinnlich-keit in der Sturmflut des Lärms, der Niedertracht, der Hast; Inseln des Herzens in der Säure des Gehirnlichen. Was wäre die Welt, gäbe es nicht ab und zu einen Menschen unter so vielen Leuten!

Ob nur wir Heutigen in einem Inselzeitalter leben, wo das Gute sich auf die Riffe gerettet hat, oder ob es immer so war? Ich denke, daß das Inseltum eine Gesetzlichkeit ist. Verloren im Raum irren die Sterne, und verloren im Meer schwimmen die Kontinente, auf denen allein das Leben festen Fuß fassen kann.

Er ist eine Insel, dieser alte Hofrat Leonhard, der ja! Er und sein Haus und sein Hof und das Stück Erde, das dazugehört, mit Feld und Wald und Weide. Er ist sich dessen bewußt, der Hofrat, und er lebt danach, er handelt danach.

Er selbst ist wie eine Erscheinung aus einer anderen Welt, die uns besser dünkt, als sie war, weil sie vergangen ist. Er mit der Hammerherren-weste und dem bunten Halstuch darüber, in dem graugrünen Rock mit den langen Schößen, wie ihn die Jäger vor hundertfünfzig Jahren trugen. Aber das ist nur eine Äußerlichkeit.

Er ist echt bis in sein Herz hinein, dieser Hofrat. Lange genug hat er in einer Welt leben müssen, die seinem Wesen zuwider war. Spät erst, nachdem er den Staatsdienst quittiert und sein Lebensweg begonnen hatte, sich wieder abwärts zu neigen, der Erde zu, kam er zum wirklichen Leben. Und da war das Leben eigentlich schon hinter ihm.

Er ist allein. Frau und Kinder sind tot. Nur eine Enkelin lebt, Kind seines Sohnes. Aber sie lebt weit und wächst in einen anderen Lebenskreis hinein, einen fremden, einen fremdartigen. Er ist allein, der Hofrat ...

Um so mehr hängt sein Herz an dem kleinen Familiengut. Hier ist Heimat. Das alte Haus gleicht eher einem Schlößchen als einem Bauernhaus. Seit Generationen steht der Hausrat der Vorfahren darin. Hier ist nichts, das aus dem Stil fiele.

Es gibt Leute, die meinen, man sollte so wertvolle alte Sachen enteignen und in Museen aufstellen, damit sie allen zugute kämen. Aber Museen sind Grüfte. Sie verlängern nur das Sterben der Dinge, die alle doch einmal untergehen wollen.

Im Haus des Hofrats Leonhard aber leben die Dinge noch, weil sie gebraucht werden, weil sie dem Leben dienen: der gotische Flügelaltar an der

Wand und das gepflegte Cembalo, die alten Bilder und jeder Hausrat vom kleinsten bis zum größten, vom Keller bis unter das Dach. Das ist schön. Und man sollte solche Inseln lebendiger Kultur unter Schutz stellen, statt sie zu beneiden und zu befehden ...

Solange es sie gibt, gehören sie uns allen. Was in Museen steht, ist tot.

Sie leben so wie das alte Volkslied lebt, das der Hofrat ausgegraben und in die Herzen der Dorfkinder eingepflanzt hat, als heilsames Gegengift. Damit die Schlager nicht allein und allzutief darin Wurzel fassen können, die sie aus dem Radio hören, jeden Tag ...

Eigentlich ist er gar nicht so allein, dieser Hofrat.

Die Menschen, die ihn umgeben, sind wie er, beinahe wie er. Der Kajetan zum Beispiel, der Alte: Jäger, Gärtner, Kutscher, Hausmeister, Diener und Mädchen für alles zugleich, einer, der alles kann und alles tut, der einfach und klar ist in seinem Wesen und ein goldenes Herz in der Brust trägt. Einer von denen, die ihrem Herrn den Schild halten in Selbstlosigkeit und Treue, bis zuletzt.

Oder dieser junge Revierjäger Gerold, der noch nicht allzulang da und sich dennoch ganz in den Rahmen zu fügen gewillt ist. Da steht er nun vor seinem Jagdherrn, kann es kaum erwarten, bis die

12

Tür sich hinter den letzten Kindern geschlossen hat, um Bericht zu erstatten ...

Dem Hofrat ist die Erregung des Jungen nicht entgangen. Um so mehr will er Ruhe und Güte sein, was immer er auch zu hören bekommen wird ...

»Nun, was ist denn los, mein lieber Gerold?«

»Herr Hofrat! Die Gemeinde holzt den Silberwald ab. Und die Schlägerung hat schon begonnen, heute morgen.«

Ja, das ist nun freilich etwas, worauf der Hofrat nicht gefaßt war. Man darf das nicht auf die leichte Schulter nehmen! Er steht, hat die Hände am Rücken und sieht nachdenklich zu Boden. Der Jäger setzt fort, und er hält es für nötig, seinen Worten Nachdruck zu verleihen, so, als hätte der Hofrat die Lage noch nicht erfaßt ...

»Herr Hofrat, wenn wir den Wald nicht retten, dann ist es aus ...«

Es gibt Leute, die meinen, ein Wald sei nichts weiter als eine Versammlung von Bäumen, die nur darauf warten, umgeschlagen und zu Häusern und Schiffen, Schreibtischen und Papier, Eisenbahnschwellen und Särgen verarbeitet zu werden, und was es dergleichen mehr oder weniger nützliche Dinge gibt.

Aber der Wald ist ein lebendiges Organ der Landschaft. Man schneide einer Kuh Lunge und

Nieren aus dem Leib und beobachte, wie weit sie noch laufen kann! Da hatte einer einen Wald. Er schlug ihn um, und im Winter darauf nahm die Lawine das Dorf mit. Da hatte einer einen Wald. Er schlug ihn um, und im weiten Umkreis versiegten die Brunnen. Da hatte einer einen Wald. Er schlug ihn um, und der Wind blies die Ackererde ab, so daß die Bauern in ein anderes Land ziehen mußten.

Es ist aber nicht jeder Wald gleich.

Da ist zum Beispiel der Silberwald über dem Dorf Hochmoos. Bis zu diesem Tag hat keine Axt daran gerührt. Der Silberwald ist wichtig für Hochmoos. Er schützt das Dorf vom Talschluß her vor den böigen Winden, die über den Kamm im Nordwesten fallen. Er leistet den Lawinen Widerstand. Er verbürgt die Stetigkeit der Quellen. Die Alten, die mit der Natur noch mehr verbunden waren, wußten um diese Zusammenhänge. Sie verspürten noch Ehrfurcht vor den Mächten, die über Leben und Tod entscheiden.

Er ist Jahrhunderte alt, der Silberwald. Er war unter Schutz gestellt, seit die Leute in Hochmoos denken können. Nun aber ist das anders. Die Menschen von heute sind gerne bereit zu verachten, was den Alten heilig war. Man hält sie für rückständig und dumm und weiß dabei selbst noch nicht genau, ob man klüger sei.

Man legt aber im Grunde gar keinen Wert darauf, klüger zu sein. Man will Geld machen, nichts weiter. Das ist der modernen Weisheit letzter Schluß. Und darum ist man übereingekommen, den Silberwald zu schlagen, denn im Silberwald, nicht wahr, steht das älteste und beste Holz in der ganzen Gemeinde, engringig und astrein, und für solches Holz werden die höchsten Preise gezahlt...

Da ist aber noch etwas anderes. So alt wie die Wälder sind die Wildwechsel, die sie durchziehen. Große Straßen sind es, die meilenweit durch die Wälder führen, über Berge und Täler hinweg, sich verzweigen und wieder vereinen. Niemand weiß, wo sie beginnen und wo sie zu Ende gehen.

Auf ihnen pulst das Leben der Wildnis auch heute noch. Wo das Rotwild ausgerottet wurde und die Wildwege verödet lagen jahrzehnte- oder jahrhundertelang: Sowie es sich wieder einbürgerte, fanden die Nachkommen dieselben Wege wieder, die sie zu erkennen vermögen an geheimnisvollen Zeichen, die dem Menschen verborgen sind.

Eine solche Wildstraße, Jahrtausende alt, führt durch den Silberwald. Darum steht dort seit Menschengedenken eine Wildfütterung. Und diese beiden, der Wald und die Fütterung, sind das Herz des Wildlebens in diesem Hochtal. Alles, was aus dem Norden nach Süden will und umgekehrt, muß durch den Silberwald, es wäre denn, es machte einen weiten und gefährlichen Umweg durch fremdes Gebirge. Der Silberwald hütet den Zwangswechsel, und wie in einen Trichter laufen von beiden Seiten die Pfade zusammen und vereinigen sich zur großen Straße. Denn oberhalb liegen die Lawinenhänge, die sechs Monate im Jahr unpassierbar sind, und unterhalb verwehrt die Schlucht jeden Übergang.

Es müßte doch nicht unbedingt hin- und herziehen, das Wild, meint ihr? Doch! Wenn es schneit, so liegt der Schnee auf der Schattseite höher als auf der Sonnseite. Denn auf der Sonnseite ist der Boden wärmer. Er tut dem Schnee Abbruch von unten her. Und die Sonne scheint darauf und läßt ihn zusammenfallen. Auf der Sonnseite kann das Wild sich leichter bewegen und die Äsung aus dem Schnee graben. Wäre ihm der Weg versperrt von der Schatt- auf die Sonnseite, es würde im Schnee versinken und elend zugrundegehen.

Und soweit ist es nun, denn seit heute morgen knirschen die Sägen und hauen die Hacken im Silberwald. Das ist noch nie dagewesen!

Da ist guter Rat teuer! Was tun, Hofrat?

»Tja – wahrscheinlich braucht die Gemeinde das Geld ...«

»Wenn schon die Bauern das nicht verstehen«,

16

meint der Gerold, »aber der Förster, der Erblehner, der müßte ihnen doch sagen, was auf dem Spiel steht für das Dorf!«

»Der Erblehner ist ein Angestellter der Gemeinde, der macht das, was man ihm anschafft. Soll er sich's mit seinen Brotgebern verderben?«

»Und schließlich müßte man ja auch uns fragen! Wir sind doch die Jagdpächter und zahlen der Gemeinde genug Geld dafür! Muß es denn ausgerechnet der Silberwald sein? Die Gemeinde hat anderswo schlagbares Holz genug ... Herr Hofrat! Sie müssen das verhindern!«

Ja, gewiß, du wirst das verhindern müssen, alter Herr, das heißt, wenn du kannst ... Aber wenn auch nicht, versuchen mußt du es auf jeden Fall, da hat er recht, der Gerold. Er ist ein braver Kerl, der Gerold.

Der Hofrat klopft ihm auf die Schulter. Es ist Ausdruck einer Zuneigung.

»Ich wußte gar nicht, daß Sie sich so ereifern können!«

Und man muß sogleich etwas unternehmen! Es ist keine Zeit zu verlieren. In jeder Minute fällt dort oben ein Baum ...

»Paulin!« ruft der Hofrat, »wir werden später essen!«

Dann geht er. Und dem Gerold ist ein Stein vom Herzen, vorläufig ...

17

Der Bürgermeister ist noch in der Kanzlei, das trifft sich gut. Er ist ein umgänglicher Mann, der Bürgermeister Oberkogler, Bauer und Wirt zugleich, und ein aufgeschlossener, vernünftiger Mann, mit dem man reden kann! Der Fall ist also nicht ganz hoffnungslos. –

Da sitzt er nun, der Hofrat, und er entwickelt eine Beredsamkeit, die ihm nur selten gegeben ist, und der Bürgermeister Oberkogler hört ihm aufmerksam zu, das sieht man.

Das Denken der meisten Menschen sei völlig verdorben und verdreht, beginnt der Hofrat. Wer vom Wald spreche, der denke nur noch an Stammholz und Papierholz und Grubenholz, statt an die Gesundheit und die Harmonie der Landschaft, an das Klima, den Wasserausgleich, an die Erhaltung des Bodens, ohne den ja die Menschheit nicht existieren könne. Wenn der Mensch den Wald nur als Nutzobjekt, wenn er die Natur lediglich aus dem Blickwinkel seines Geldbeutels betrachte, so untergrabe er damit die Grundlagen seines eigenen Daseins.

»Wir glauben, daß wir mit der Natur machen können, was wir wollen. Aber das ist ein verhängnisvoller Irrtum, Oberkogler! Die Natur ist zuletzt immer stärker als der Mensch, und sie schlägt zurück, ja sie hat schon zurückgeschlagen. Wissen Sie denn, wieviele Wüsten und Steppen und verkarstete Gebirge es auf der Welt gibt, die allein der Mensch der Vorzeit auf dem Gewissen hat?«

»A so? Ja aber – wieso weiß man denn dös?«

»Weil man mitten darin Ruinen von Riesenstädten gefunden hat, wo Hunderttausende von Menschen gelebt haben. Glauben Sie, daß man solche Städte in die Sand- und Steinwüsten hineingebaut hat?«

»Naa, gwiß net, sonst hätten die Leut ja net leben können!«

»Natürlich! Auch dort sind einmal Wälder und Felder gewesen ... Der Vorgang ist immer der gleiche, und er wiederholt sich jetzt genau so wie vor Jahrtausenden: Solange die Äcker im Schutz der Wälder stehen, bleiben sie fruchtbar, die Völker sind reich und glücklich, und die Kulturen blühen. Dann aber setzt die Gier nach dem Holz ein. Man braucht Holz, Holz, immer wieder Holz für den Städtebau, für die stolzen Flotten, für allerlei Luxus oder einfach zum Verbrennen, jedenfalls aber für das große Geschäft. Und weil es immer wieder Kriege gibt, die alles zerstören, braucht man immer wieder und immer mehr Holz. Heute sterben jeden Tag ganze Wälder auch fürs Papier, damit darauf Mist gedruckt werden kann, der die Gehirne verwirrt und die Seelen verdirbt.

Wenn die Wälder verschwunden sind, versiegt das Wasser. Die Äcker verdursten, und der Wind pfeift über das kahle Land, nimmt den dürren Boden mit sich und trägt ihn ins Meer ... Nordamerika hat auf diese Weise in hundert Jahren zwei Fünftel seines Ackerbodens verloren ...«

»Oh, verdammt!«

»Sie als Bauer werden verstehen, was das bedeutet! Und jeden Tag geht dort eine Farm von zweihundert Hektar Größe verloren ...

Immer und überall in der Geschichte ist es so gewesen: Mit der Vernichtung der Wälder und mit der Zerstörung des Ackerbodens sind große und mächtige Völker zugrundegegangen.«

Der Oberkogler ist sichtlich beeindruckt. Er wiegt nachdenklich das Haupt. »Schon, schon, Herr Hofrat«, sagt er dann, »das mag in der Ebene möglich sein. Aber bei uns im Gebirg', da kann der Wind net so an ...«

»Der Wind nicht, aber das Wasser! Bedenken Sie doch, daß alle unsere Bergwälder auf dem Abhang stehen! Und haben Sie die braunen Wildbäche noch nicht gesehen, die von den Höhen herunterbrausen, wenn es regnet?«

Ja, ja, nickt der Oberkogler.

»Glauben Sie mir: Solange es Wälder gibt, wird es eine menschliche Kultur geben. Wenn wir die

Wälder einmal vernichtet haben, stirbt auch die Menschheit.«

»Das mag alles richtig sein, Herr Hofrat. Aber ausgerechnet wir in unserm einsamen Bergdorf sollen damit anfangen?«

»Einer muß einmal damit anfangen, Oberkogler, gleichgültig wo. Einer, der klug genug ist dazu!«

Das hat er gut gesagt, der Hofrat, denkt der Oberkogler. Das ist ein schlauer Fuchs, dieser Hofrat! Fragt sich nur, was klug ist in diesem Fall: den Wald zu schlagen und dafür viel gutes Geld einzustreichen, oder ihn stehen zu lassen und auf die Einnahme zu verzichten ... Der Hofrat hat indes sein Schlachtschiff gewendet, richtet die andere Breitseite auf den Gegner.

»Was würden Sie dazu sagen, Oberkogler, wenn eine Lawine unser Dorf wegnimmt, mit Menschen und Vieh und Häusern, und in der Zeitung würde stehen: Der Oberkogler ist schuld, denn der ist damals als Bürgermeister verantwortlich gewesen dafür, daß der Silberwald geschlagen wurde?«

»Herr Hofrat, Sie machen mir ja grad Angst! Aber so schlimm wird's wohl net werden ...«

»Und wenn es nicht so schlimm wird, wäre es Ihnen recht, wenn die Leute in zwanzig oder in fünfzig Jahren sagen würden: Ja, früher hat man noch leben können in Hochmoos. Aber seit der

Oberkogler den Silberwald hat schlagen lassen, wächst kein Weizen mehr im Hochtal, und das Obst reift nicht mehr aus ...«

»Ah, glauben Sie?«

»Selbstverständlich! Oder es genügt ein Gewitterguß, der auf den Kahlschlag fällt, und unser Bach nimmt Äcker und Häuser mit. Was wird dann sein? Dann wird der hochwohllöbliche und allweise Gemeinderat allerhöchst beschließen, daß der Bach reguliert werden muß, damit ein solches Unglück nicht wiederkommt. Und was wird das kosten? Das wird doppelt soviel kosten, wie euch der Silberwald jetzt einbringt. Das Land und der Bund werden zuschießen müssen, und die Gemeindeumlagen wird man erhöhen, um das Defizit der Gemeinde zu decken. Die Bauern werden unter den hohen Abgaben seufzen und schimpfen. Und was werden sie sagen? Ja, werden sie sagen, daran ist der Oberkogler schuld, der allein!«

Der Hofrat wendet sich mit einem hintergründigen Lächeln dem Oberkogler zu, der dasitzt wie erstarrt.

»Ich habe schon schönere Denkmäler gesehen, die eine dankbare Gemeinde ihrem Bürgermeister errichtet hat, Herr Oberkogler!«

Die Breitseite sitzt, das ist sicher, ja sie hat verheerende Wirkung gehabt. Der Oberkogler kratzt sich am Kopf mit einer Miene, als hätte er bittere Medizin geschluckt.

»Herr Hofrat ...« beginnt er und weiß nicht weiter. Aber der Hofrat weiß. Er hat wieder geladen.

»Der Wald ist unser Schicksal. Wenn wir ihn zerstören, vernichten wir uns selbst. Können denn die Menschen immer erst dann vernünftig werden, wenn ein Unglück geschehen ist? Aber wenn es erst ein jeder sehen kann, was für Unheil wir durch eigene Schuld heraufbeschworen haben dann ist es schon zu spät! Hundert Jahre wird die Menschheit brauchen, um die Wälder wieder herzustellen, die im letzten Krieg geschlagen wurden!«

»O mei, Herr Hofrat! Inzwischen kommt dann wieder ein neuer!«

»Das würde der letzte sein, den die irrsinnig gewordene Menschheit sich liefert. Nicht wegen der Atombomben, o nein. Die würden vielleicht gar nicht zum Einsatz kommen. Aber der Mensch in seiner Skrupellosigkeit, Unvernunft und Habgier, in seiner blinden Sucht nach dem Gewinn und nach dem Wohlleben hat die Lebensquellen der Erde schon zu sehr angeschlagen. Noch ein weltweiter Krieg – und es gibt keine Wälder mehr. Dann sind wir am Ende aller Philosophie...«

»Sie haben schon recht«, billigte der Bürgermeister zu. Er ist ein kluger und aufgeschlossener Bauer, wie gesagt.

»Mit dem Wald ist es ja anders als mit einem Acker. Wer im Frühjahr auf seinem Feld sät, der erntet im Herbst. Die Bäum' aber, die wir schlagen, haben andere eing'setzt, die längst nimmer leben. Und die Wälder, die wir pflanzen, werden andere schlagen, die erst in hundert Jahren geboren werden ... Ich seh' schon ein, daß beim Waldbau net der einzelne sich selbst verantwortlich ist. Hier trägt eine Generation die Verantwortung für alle kommenden!«

»Richtig, Oberkogler«, sagt der Hofrat erfreut. »Der Wald zwingt uns jene Verantwortung auf, die im übrigen Leben anscheinend schon erstorben ist. Wir haben kein Recht auf Raubbau. Wir haben lediglich das Recht, die Natur zu nutzen, aber so zu nutzen, daß kein Schaden entsteht, weder in der Gegenwart noch in der Zukunft. Und auch die kleinsten Fehler und Verluste sind in unserem Stadium der Naturzerstörung durch keinen noch so großen Geldgewinn zu rechtfertigen!«

Der Oberkogler ist sehr ernst geworden. Das Gespräch hat ihn ergriffen, es hat ihn aufgewühlt. Er steht auf und geht hin und her, von einem Ende der Kanzlei zum andern, und vergißt darauf, an seiner Virginia zu ziehen.

»Der Silberwald ist halt schon so gut wie

verkauft, Herr Hofrat ... Ist ja auch unser schönstes Holz! Weiß wirklich keinen Ausweg im Augenblick.«

»Und – abgesehen von allen anderen gefährlichen Folgen: Unser Hochwild sind wir natürlich auch los, lieber Bürgermeister! Es hat keinen Einstand mehr bei uns und zieht zu den Nachbarn, die schon darauf lauern, um es abzuknallen ...«

Dem Oberkogler ist etwas eingefallen. Ein rettender Ausweg? Er setzt sich, zieht seinen Stuhl ganz dicht an den des Hofrates heran, sieht ihn an. Aber er spricht nichts. So beginnt der Hofrat wieder.

»Wenn kein Wild mehr da ist, kann die Gemeinde auch nicht mehr die Jagd verpachten. Sie hat also um eine Einnahme weniger ...«

»Sicher, aber das macht halt net so viel aus!«

»Der Wald braucht hundertfünfzig Jahre, bis er schlagbar wird. Und wenn Sie den Jagdpachtschilling für hundertfünfzig Jahre zusammenrechnen – «

»Ja, das stimmt schon, aber so weit denken die Menschen heute nimmer. Die denken nur noch an das, was jetzt ist, oder was morgen ist. Was einmal sein wird, in hundert Jahren, oh – das ist den Leuten ganz wurscht!«

»Das ist leider wahr! Aber Sie als Bürgermeister haben die Pflicht, weiterzuschauen als die anderen ...«

„Ja, ja. Und das wär' schon schad', wenn wir kein Hochwild mehr hätten. Denn auf unsere guten Hirsche sind wir ja doch alle stolz. Aber – es ist Gemeindebeschluß und – wir brauchen Geld, das ist es!«

»Wenn ich nicht wüßte, lieber Oberkogler, daß Sie ein so vernünftiger Mann sind, wär' ich überhaupt nicht zu Ihnen gekommen.«

»Schön, schön! Aber alle denken net so wie ich!«

»Wie wär's, wenn die Gemeinde die Baugründe verkaufen würde?«

Der Oberkogler ist ein guter Mann. Er möchte gern tun, was der Hofrat will. Aber –

»Herr Hofrat, meine Stimme allein ist gar net maßgebend. Man müßte eine Sitzung einberufen...«

»Aber Oberkogler! Sie als Bürgermeister können doch ein gewichtiges Wort reden!«

Er ist schon beinahe dort, wo der Hofrat ihn haben will, der Oberkogler. Er denkt nach. Das ist ein gutes Zeichen. Er nimmt die Zigarre aus dem Mund.

»Ja, eigentlich ist's wahr! Wenn wir in der Gemeinde was brauchen, so sind Sie immer als erster da ... Versprechen kann ich halt noch nichts. Aber so viel ist sicher: Vergrämen dürfen wir unseren Jagdpächter nicht!«

26

Er lacht dazu, und es scheint, als hätte der Hofrat die Schlacht gewonnen. Der steht auf.

»Ich hab' gewußt, daß wir einander verstehen!«

»Sie müssen halt auch ein bisserl mit den anderen reden. Vielleicht gleich am Jägerball, da sind sie alle da. Und beim Wein, Herr Hofrat, da spricht man sich leichter, das ist eine alte G'schicht! Sie kommen doch wieder, so wie jedes Jahr?«

»Selbstverständlich! Ich hab' diesmal sogar eine kleine Überraschung für Hochmoos!«

»Aber naa! Eine Überraschung?«

Er nickt nur, der Hofrat, und er lacht über das ganze Gesicht dazu. Dann geht er. Der Bürgermeister schließt die Schreibtischlade ab und macht sich fertig. Es ist spät geworden. Er hat Hunger. Im Hinausgehen schmunzelt er noch:

»Da schau her! A Überraschung hat er!«

An kleinen Gebirgsseen hat man das manchmal beobachtet. Auf geheimnisvolle Weise öffnet sich plötzlich ein Trichter auf dem Seegrund. Im weiten Umkreis zieht er das Wasser an sich heran, das langsam zu kreisen beginnt, schneller und immer schneller, je näher es kommt, bis es mit unwiderstehlicher Gewalt in den Schlund gesogen und verschlungen wird. Und wenn der See zu wenig Zufluß hat, so hat er bald kein Wasser mehr.

Da strömen die Menschen vom Land in die Stadt. Der Wirbel erfaßt sie, erst langsam, dann immer schneller, und der Enkel taucht in den Abgrund und ist verloren ...

Draußen am Stadtrand gibt es noch Gärten bei den Häusern und duftende Ackererde zwischen Zinskasernen. Da ist noch Ruhe und Beschaulichkeit, ab und zu, und in abgelegenen Gassen wächst Gras zwischen Pflastersteinen. Im Zentrum aber haben sie eine dicke Schicht Asphalt zwischen sich und die Muttererde gelegt. Da wächst kein Gras mehr ...

Die Enkelin geht einen anderen Weg als ihr Großvater, der Hofrat im Ruhestand Otto Leonhard, Landwirt, Forstwirt, Jäger, Menschen-, Musen- und Gottesfreund in dem weltfremden Bergdorf Hochmoos. Er hat vermocht, was wenigen gelingt. Er hat aus dem Wirbel des Stadtlebens sich gerettet ins ruhige Wasser. Er hat es gut.

Und Elisabeth? Was wird mit Elisabeth? Sie ist das einzige grünende Reis am alten Stamm. Ihr allein wird einmal alles gehören: das Haus mit allem, was darin und darum ist, die gute Erde, auf der ihr Urgroßvater noch Bauer gewesen ist. Wird sie das alles haben wollen? Wird sie damit überhaupt etwas anzufangen wissen? Wird es ihr etwas bedeuten? Wird sie schätzen können, was ihr da in den Schoß fällt, wenn sie in einer anderen Welt lebt und ihrem Dasein andere, ganz andere Werte übergeordnet hat?

Das ist die ständige Sorge des alten Herrn in Hochmoos, und immer kreisen die Gedanken um Elisabeth. Sie ist jung. Ist sie fremden Einflüssen unterlegen, daß sie in einen so ganz verschiedenen Lebenskreis hineinsteuert? Man müßte etwas dagegen tun, man müßte versuchen, sie an sich zu ziehen, sie hierherzubringen, aber nicht nur für einige wenige Tage, sondern für längere Zeit! Wie kann sie für dieses Leben der Innerlichkeit etwas übrig haben, wenn sie seine Beglückungen und Verzauberungen nicht kennt!

Er hat sie oft genug eingeladen, der Herr Hofrat, aber immer waren ihr andere Dinge und

Aufgaben wichtiger erschienen in den letzten Jahren. Man muß das verstehen. Das Studium an der Akademie durfte nicht unterbrochen werden. Und in den Ferien – ja, da hatte es sich als unbedingt notwendig erwiesen, Reisen zu unternehmen, Studienreisen, natürlich nicht nach Hochmoos ...

Er hat die Hoffnung dennoch nicht aufgegeben, der Hofrat. Und er hat sie wieder eingeladen, er hat sie gebeten, zum Jägerball zu kommen. Verspricht er sich vom Jägerball in Hochmoos entscheidende Eindrücke für seine großstädtische Enkelin? Nicht doch! Aber es ist ein Anlaß. Sie soll erst einmal hier sein! Und dann – so hofft er, der alte Herr – wird das andere Leben, das reine, das wirkliche, mit hundert sanften und festen Händen nach ihr greifen, die Heimat mit allen ihren Schönheiten und Wundern, und dann – ja, dann wird sie vielleicht erkennen ...

Aber so weit will der Hofrat vorläufig noch gar nicht denken. Hauptsache ist, daß sie zugesagt hat, die Liesl. Ja, was sagst du, alter Kajetan, sie kommt! Bereite das Zimmer vor, Paulin, sie kommt!

Und so drückend die Sorge wegen des Silberwaldes auf dem Hofrat lastet, so ist sie doch in eine gewisse Ferne gerückt angesichts der Erwartung, angesichts der Freude ...

Die Akademie hat sie ja nun mit gutem Erfolg hinter sich gebracht, die Elisabeth, und ist inzwischen zweiundzwanzig Jahre alt geworden. Was nun?

Sie haben sich zusammengetan. Sie haben zu dritt ein Atelier gemietet, wo sie arbeiten können. So ist es leichter. Elisabeth, das stille, ernste, zielstrebige Mädchen, die kapriziöse Karin mit den Sommersprossen und den roten Haaren, und Max Freiberg, der Kollege, den sie von der Akademie kennen.

Nicht, daß etwa eines der Mädchen oder beide an diesem Max Freiberg besonderes Interesse gefunden hätten, o nein! Aber sie verstehen einander gut, und sie passen zusammen. Und man kann etwas lernen von ihm. Er ist ein Neuerer, ein Ungebärdiger, ein Eigenwilliger, und Leute, die es wissen wollen, sagen ihm eine große Zukunft voraus. Seine Skulpturen sprechen das Unnennbare aus, sie machen das Unbegreifliche greifbar, sie stellen vor Augen, was kein Auge sehen kann. Wie gesagt, er ist in hohem Grade begabt, dieser Freiberg.

Und er ist ein guter Kamerad, er ist anständig und hilfsbereit. Und er ist – aber das nur ganz am Rande vermerkt – ein fescher Mensch, gewiß, das ist er ...

Er ist zufrieden mit der kleinen Arbeitsgemeinschaft. Mit Elisabeth besonders. Sie ist fleißig. Sie nimmt ihre Aufgabe durchaus ernst. Sie will etwas schaffen, und sie will etwas erreichen. Und das wird sie auch! Sie wird ihren Weg machen, das ist sicher.

Karin ist ganz anders. Vor allem ist sie ein Biest, ja, ein reizendes kleines Biest. Aber faul, schrecklich faul, und Max Freiberg muß immer wieder predigen und schimpfen und sie zur Arbeit anhalten. Aber es hilft nicht viel. Sie sieht ihn dann mit einem halb zerknirschten, halb spöttischen Blick an und hat einen frechen Schnabel. Aber man kann ihr nicht böse sein.

Da ist aber noch ein vierter im Bunde, den man nicht vergessen darf: Rolf, der schwarze Schäferhund! Er gehört Elisabeth und folgt ihr auf Schritt und Tritt, sitzt neben ihrem Arbeitstisch und sieht ihren modellierenden Händen zu, wenn er auch nichts davon versteht.

Es ist ein guter Geist in diesem Atelier. Es wird gearbeitet, das heißt, es wird zumeist gearbeitet. Freiberg hat eine neue Sache vor. Er werkt daran herum seit zwei Tagen, aber es wird nicht das, was er sich vorstellt. Manchmal ist es, als nehme er sich selber nicht ganz ernst. Aber das scheint nur so. Es ist seine Art, mit Ironie das Leben zu meistern.

Elisabeth sitzt an der Drehscheibe. Mit diesen

einfachen flachen Schalen ist zur Zeit noch am leichtesten etwas zu verdienen. Und das ist ja auch notwendig!

Karin hockt auf einer Strohmatte und zeichnet. Das ist ihr bevorzugter Platz. Rolf sitzt neben ihr und dreht den schönen schwarzgelben Kopf von einem zum anderen.

Da erhebt sich Elisabeth, wirft die blaue Schürze von sich.

»Kinder, in einer Stunde geht mein Zug!«

Die beiden anderen scheinen nicht geneigt, sich durch ihren Aufbruch stören zu lassen. Sie schielen nur einmal hinüber.

»Ich muß mich beeilen!« ruft Elisabeth.

Karin verzieht den Mund, blickt kurz auf.

»Verlier nur ja keine Zeit!«

»Damit du nichts versäumst!« quetscht Freiberg hervor, ohne sich von der Arbeit abzuwenden.

»Ich bin gleich fertig«, sagt Elisabeth, »dann sag' ich euch ›Auf Wiedersehen‹. Komm, Rolf!«

Aber wie sie die Tür öffnen will, da geht das nicht. Wer hat denn zugesperrt? Sie dreht sich um und sieht in die freundlich-boshaft lächelnden Gesichter ihrer beiden Kollegen.

»Was soll das bedeuten?« fragt sie erstaunt.

Karin antwortet ihr. Sie haben sich das ausgemacht, die beiden!

»Auf einstimmigen Beschluß aller Anwesenden –« … aber Freiberg schneidet ihr das Wort vor dem Mund ab, das ist unerhört!

»– wird das mutwillige Verlassen des Arbeitsplatzes durch Fräulein Liesl Leonhard für unzulässig –«

Sie kann nicht länger schweigen, die quecksilbrige, vorlaute Karin. Und sie will ihrerseits ihn mundtot machen …

»– und der Besuch eines sogenannten Jägerballes in – dingsda – in Hochmoos für höchst überflüssig erklärt.«

Freiberg setzt fort, und er posiert wie ein Imperator, der eine Proklamation verliest.

»Diese geplante Reise kann daher nicht gestattet werden und wird gewaltsam verhindert!« Damit setzt er die Spachtel in der geballten Faust auf den Tisch wie ein Schwert.

»Punktum! Aus!« Es wäre ja nicht mit rechten Dingen zugegangen, wenn Karin sich nicht das letzte Wort vorbehalten hätte.

Nein, das geht aber doch zu weit, nicht wahr, Elisabeth? Das ist kein Spaß mehr! Der Zug wartet nicht, aber dort oben im Gebirge wartet der alte Herr …

Sie braust plötzlich auf, die Liesl, und das ist man bei ihr gar nicht gewöhnt.

»Aber macht doch keinen Unsinn! Der Großvater wartet auf mich. Er hat es sich nun einmal in den Kopf gesetzt, daß ich zu ihm in dieses gottverlassene Nest komme –«

»Und wir haben uns in den Kopf gesetzt, daß du bleibst!« Max kommt ganz dicht an sie heran, die Hände in den Hüften. Karin drängt sich neben ihn.

»Seid doch vernünftig, Kinder! Ich würde ja auch lieber bei euch bleiben. Aber der Großvater freut sich schon auf mich. Versteht ihr denn das nicht? Er ist der einzige Mensch, der wirklich an mir hängt ...«

Sollst du dir das einfach so sagen lassen, Max Freiberg? Tu etwas dagegen, wenn du kannst! Nein, du kannst nicht. »Ach so!« sagst du, das ist alles, und wendest dich ab.

Karin will ablenken.

»Warum kommt der alte Herr nicht einfach in die Stadt?«

»Aber begreift doch! Er will mich bei sich haben, draußen auf seinem Besitz, in seinem alten Haus ...«

»Das hätte ich an seiner Stelle längst verkauft!« mault Karin.

»Das wird er nie tun! Es ist zweihundert Jahre in der Familie.«

»Da muß es ja gut ausschauen!« lästert die Rothaarige. Sie ist ein Biest!

Freiberg ist an seinen Tisch zurückgekehrt. Was

soll er noch sagen? Aber er arbeitet nicht. Er wendet sich noch einmal Elisabeth zu.

»Ausgerechnet jetzt, wo sie mich nach Paris holen und du zum erstenmal mit mir gefahren wärst ...«

»Sei nicht bös, Max! Vielleicht fahr' ich das nächstemal mit ...«

Ja, da hilft nun nichts. Er sieht sie noch eine kleine Weile an, ohne ein Wort, dann langt er den Schlüssel aus der Tasche, reicht ihn ihr.

»Also, das nächstemal!« spricht er bedeutsam.

»Vielleicht!«

Karin hat sich in Positur gestellt. Es ist alles Berechnung an ihr, jedes Wort, jede Bewegung. Aber eine harmlos liebenswürdige Berechnung. Sie spielt ausgezeichnet. Die Gekränkte natürlich.

»Und was geschieht mit mir, wenn ihr beide fort seid? Was soll ich machen?«

Sie müssen lachen über sie! Freiberg weiß die rechte Antwort: »Etwas ganz Neues: arbeiten!«

Karin geht lässig zur Couch, läßt sich fallen wie todmüde.

»Allein? Das ist völlig zwecklos!«

Es ist Zeit, Elisabeth! Aber Freiberg will noch etwas sagen.

»Wenn ich zurückkomme, bist du doch hoffentlich wieder da!«

36

Da muß sie aber lachen, die Elisabeth.

»Wo denkst du hin? Was soll mich denn in dem gottverlassenen Nest festhalten?«

Das letzte Wort ist fällig, Karin!

Keine Angst, es kommt schon!

»Das kann man nie wissen!«

Es war vorauszusehen, daß die Sache mit dem Silberwald sich nicht so schnell würde ordnen lassen! Dennoch sitzt der Gerold wie auf Nadeln. Jeden Tag, jede Stunde, jede Minute fällt dort oben ein Baum, nicht wahr? Und das Wetter selbst hat sich verschworen gegen den Silberwald! Wenn es endlich stürmen und schneien wollte, so wie sich das zu dieser Jahreszeit gehört, dann, ja dann müßten die dort oben die Schlägerung einstellen, ob sie wollten oder nicht! So aber liegt dieser dünne Schnee schon seit Wochen und fällt immer mehr zusammen unter den Strahlen der Höhensonne.

Sie sind oben, der Gerold und sein treuer Begleiter und Schützling, der Steffl. Sie füllen frisches Heu in die Raufen und schütten Kastanien. Sie rufen: »Kooomm, Hirsch! Kooomm!« Aber sie kommen nicht, die Hirsche. Ringsum stehen sie in den Hängen und hören ihre Betreuer kommen und gehen, die Freunde, die ihnen bekannt und vertraut sind. Sie spüren den Duft vom Heu und kennen das polternde Geräusch, mit dem die Kastanien in die Tröge fallen. Und sie haben Hunger.

Aber sie hören auch das Sägen und Hacken

und das prasselnde Stürzen der alten Bäume gleich daneben. Das ist ihnen neu an dieser Örtlichkeit. Das war noch nicht zu dieser Jahreszeit. Das ist schreckhaft und gefährlich. Und sie kommen nicht mehr an die Fütterung, nein, sie kommen nicht mehr. Kaum, daß in der Nacht, wenn es ruhig ist, einige Wagemutige und besonders Hungrige sich heranschleichen, um schnell einige Halme zu ergattern.

Aber im übrigen ist der Betrieb gestört, und das kann in dieser harten Winterzeit von schwerwiegenden Folgen sein! Im Frühjahr, wenn es aper wird, ja, dann wird man sie finden, dann werden sie da und dort umherliegen, halb verwest und von den Füchsen und Raben angefressen, die Opfer des Winters, die Opfer der Schlägerung im Silberwald. Verdammte Schweinerei!

Und die Herren im Gemeinderat können sich noch immer nicht einig werden!

Gerold und Steffl treffen mit dem Förster zusammen, dem Erblehner, als sie heimgehen.

»Grüß Gott, Erblehner!« sagt der Gerold. »Auf dem Weg zum Silberwald, was?«

Der Forstmann ist jung, und er dünkt sich dem Gerold überlegen, der nur Jäger ist. Er ist nicht sehr freundlich, der Erblehner. Er bleibt stehen, und man spürt, daß er sich herabläßt.

»Ja! Warum?«

„Wie kann man denn dort oben schlägern!« Der Gerold will die Gelegenheit nützen. Vielleicht hilft es etwas! »Sie wissen doch, was der Silberwald bedeutet!«

Der Förster will sich nicht in Debatten einlassen mit dem da. Er will weiter.

»Wenn die Gemeinde beschließt, daß dort geschlagen wird, so wird dort geschlagen. Alles andere interessiert mich nicht.«

»Aber die Fütterung!« wirft der Steffl ein. Er ist voll kindlicher Besorgtheit.

»Die kann man ja anderswo aufstellen!« Es tut ihm gleich nachher leid, daß er dem Buben überhaupt Bescheid getan hat.

»Sie wissen genau, daß man sie nicht anderswo aufstellen kann. Wenn der Silberwald fällt, so gibt es kein Wild mehr bei uns.«

»Was geht mich euer Wild an?«

»Sehr traurig, daß Sie als Forstmann so etwas sagen können!«

Jetzt geht er aber wirklich weiter, der Erblehner. Er will ein Ende machen. Einmal noch hält er an, sagt über die Schulter weg, was er dem Gerold noch sagen, nein, hinwerfen muß, damit der darüber stolpert:

»Wenn ich ein Zugereister wär' wie Sie, tät ich mich nicht in fremde Angelegenheiten mengen!« Damit geht er.

Nein, auf diesem Wege war wohl nichts zu erreichen für den Silberwald ...

Der Jäger berichtet dem Herrn Hofrat, daß das Wild vergrämt und die Fütterung verlassen ist, und er vermehrt dadurch nur seinen Kummer. Was soll der alte Herr denn noch tun? Die einzige Möglichkeit bleibt anscheinend doch nur der Jägerball, wenn die Herren Gemeinderäte alle beisammen sein werden, bei Wein und Musik und guter Laune. Das bleibt die letzte Hoffnung ...

Elisabeth ist angekommen, endlich! Der Herr Hofrat holt sie selbst von der Bahn ab, das läßt er sich nicht nehmen, obwohl es gerade an diesem Tag stürmt und schneit wie toll.

Da ist sie nun, die Liesl, sie ist ein hübsches Mädel geworden. Er ist kaum gealtert, denkt das Mädchen, wie sie den Großvater sieht. Sie umarmen einander zärtlich. Daß er doch noch einen Menschen hat, zu dem er zärtlich sein kann, denkt der Hofrat. Sein Großvaterherz jubelt, und das Glück verklärt sein Antlitz.

Der Kajetan kutschiert sie mit dem Schlitten nach Hause. Der Hofrat muß immer wieder hinsehen auf dieses junge Leben, das sein eigenes Fleisch und Blut ist. Rolf, der Schäferhund, springt freudig bellend rundum. Er hat lange genug stillhalten müssen in der Eisenbahn.

Da steht es ja, das alte Haus, verzaubert wie im

Märchen unter der Schneelast, und die Paulin ist auch noch da. »Grüß Gott, Paulin!«

Hier ist alles, wie es war. Elisabeth hat noch eine gute Erinnerung daran, vom letztenmal. Und das ist immerhin ein paar Jahre her ... Hier scheint die Zeit stillzustehen. Ist das eigentlich ein Nachteil?

Nein, es ist schön. Es beruhigt. Es beglückt zu wissen, daß etwas ist, das festliegt inmitten des Stromes der Zeit. Etwas, das bleibt, auch wenn der Mensch vergeht ...

Wie alt eigentlich ist Großvater jetzt? –

Nach dem Essen führt der Hausherr den jungen Gast einmal durchs ganze Haus, das Elisabeth ja schon kennt, und über den Hof in die Wirtschaftsgebäude und Ställe. Das interessiert sie nicht sehr, aber sie läßt es nicht merken, dem alten Herrn zuliebe.

Und jetzt mußt du ruhen, Liesl, jawohl, das ist notwendig nach der langen Bahnfahrt, damit du am Abend frisch bist! So ein Jägerball in Hochmoos dauert lang, mein Kind!

Also gut! Obwohl sie gar nicht müde ist.

Ach, sie verspricht sich nicht allzuviel von diesem Jägerball. Aber dem Großvater zuliebe beschließt sie, sich auf alle Fälle gut zu unterhalten.

Wer gewohnt ist, in Grande Toilette oder Frack

die Bälle der Großstadt zu besuchen, der hat für einen Jägerball auf dem Lande wahrscheinlich nur ein mitleidiges Lächeln. Aber wenn man die Dinge verstehen will, muß man nach der Wurzel zu graben versuchen.

Früher einmal – nein, nicht vor fünfzig oder hundert, sondern vor zehntausend, vor zwanzigtausend, vor fünfzigtausend Jahren –, als das Menschenleben aus nichts anderem bestand denn aus Jagd, da gab es sicherlich auch schon einen Jägerball und keinen anderen.

Wie mögen sie herbeigeströmt sein, aus ihren Hütten und Höhlen, wie mögen sie sich versammelt haben, festlich geschmückt, im Schein der Freudenfeuer und Fackeln, in der Neumondnacht des Hochwinters, die Männer, die Frauen, zum großen Beutefest!

Seht, da kommen sie, die Jünglinge, die zum erstenmal im vergangenen Jahr allein auf Jagd auszogen! Da sind sie, und ein jeder schleppt, was er an Trophäen vorzuweisen hat, als Beweis seiner Lebenstüchtigkeit, seines Jägertums, seiner Mannbarkeit: Wildpferdschädel und Büffelhörner, Bärenhäute und mächtige Geweihe, die dem gefällten Wild mit der Steinaxt vom Haupt geschlagen worden sind.

Danach wird der Rat der Alten zu entscheiden haben, ob die Heranwachsenden würdig sind, in die Gemeinschaft der Männer aufgenommen zu werden, oder ob sie ein weiteres Probejahr zu bestehen haben, um stärkere Beute zu bezwingen, wehrhaftere …

Dort harren sie, in atemloser Erwartung, die Mädchen, ohne den Schmuck noch, den die Frauen in vielfacher Abwandlung auf sich tragen: die kostbaren Ketten aus Bären- und Eber- und Pferdezähnen, aus kunstvoll geschnitztem und geritztem Elfenbein. Woher sollten jene auch den Schmuck nehmen, da doch niemand war bis zum heutigen Tag, der für sie jagte?

In dieser Nacht aber – es ist eine denkwürdige Nacht, eine besondere – wird jeder der für mannbar Erklärten eine aus der Schar der harrenden Mädchen sich auswählen dürfen, um sie mit sich zu nehmen, in seine Hütte … Und übers Jahr werden die Erwählten ihren Schmuck tragen können, so gut und so schön wie die anderen Frauen …

Ihr glaubt nicht, daß dies so gewesen sei? Tut, wie ihr wollt! Ich glaube es, und so steht ein Glaube gegen den anderen …

Man muß sich das vorstellen können, um zu verstehen, was so ein Jägerball in Hochmoos bedeutet!

Heute freilich sieht alles ganz anders aus als damals. Man trinkt keinen Honigwein mehr, sondern Anderes, wenn auch nicht Besseres. Und man schleppt nicht mehr Bärenhäute und Auerochsenschädel heran. Aber ein jeder steckt sich seinen besten Gamsbart auf, und wehe ihm, wenn er ihn nicht selber erbeutet hat! Und auf den Knöpfen, auf dem Schmuck trägt man die Hakenzähne erbeuteten Wildes zur Schau, und je dunkler sie sind, um so kostbarer!

Er ist das Fest des Jahres, dieser Jägerball, und alles freut sich darauf in Hochmoos und weit darüber hinaus, alles spricht davon und bereitet sich vor. Und jeder Jungjäger brennt darauf, mit seiner Auserwählten zu tanzen die ganze Nacht hindurch, und wenn er keine hat, doch eine zu finden ...

Der Hofrat Leonhard schaut auf die Uhr. Der Ball hat schon begonnen. Ach, er scheint in seiner langjährigen Einsamkeit völlig vergessen zu haben, daß Frauen immer warten lassen. Verzeihung! Fast immer. – Verzeihung! Manchmal ...

Er steht auf und klopft an Elisabeths Zimmertür.

Ja, sie ist gleich fertig. Sie will besonders gut aussehen heute abend, dem Großvater zuliebe.

Da kommt sie ja, Gott sei Dank!

Oder nicht Gott sei Dank?

Was machst du denn für ein Gesicht, Hofrat?

Ach so!

Da steht sie nun vor ihm, die Elisabeth, jung und frisch und hübsch, in dem Cocktailkleid, das sie besonders liebt, weil sie weiß, wie gut es sie kleidet, das sie schnell noch ein wenig hat ändern lassen, das sie eigens für den Jägerball mitgenommen hat – dem Großvater zuliebe. Sie steht und reckt und dreht sich.

»Nun, was sagst du, Großpapa, hab' ich mich nicht hübsch gemacht?«

Er sagt erst gar nichts, der Hofrat. Warum denn nicht? Er schaut nur und verschränkt die Finger ein um das andere Mal – und wiegt den Kopf ... Endlich spricht er.

»Sehr hübsch, Liesl, aber –«

Sie kommt ganz nahe, beugt sich zu ihm, küßt ihn auf die Wange. Ihre Zärtlichkeit beglückt ihn, indes – das Aber wird dadurch nicht aus der Welt geschafft ...

»Was aber?« fragt sie. »Paßt es mir am Ende nicht?« Sie geht an den Spiegel, besieht sich von allen Seiten. Was will er denn, was meint er denn, der alte Herr?

»Weißt du, mein Kind, unseren Jägern sollten wir doch nicht so deutlich zeigen, daß du nur auf Besuch bist ... Schließlich bist du doch auch ein Kind aus Hochmoos ...«

Ja, das ist es, was dem Hofrat auf dem Herzen liegt. Sie ist ein Kind aus Hochmoos, das muß immer wieder gesagt werden, damit es nicht in Vergessenheit gerät ...

Alte Leute sind manchmal wunderlich, Elisabeth, wundere dich nicht! Ein solcher Einwand war nicht zu erwarten, nicht wahr? Es ist peinlich. Was jetzt? Irgendwie muß das ausgetragen werden.

»Ich verstehe dich nicht, Großpapa! Ich finde, das Kleid paßt ausgezeichnet zu mir!«

»Zu dir schon, aber nicht zu uns!«

Ach, wenn einem das Leben doch nicht immer schwerer gemacht würde, als es ohnehin ist! Die Menschen in der Stadt sind doch viel weniger kompliziert! Was soll man darauf sagen? Was du jetzt sagen wirst, Elisabeth, ist nicht das ganz Richtige!

»Ihr müßt mich schon so nehmen, wie ich bin! Ich kann nicht plötzlich ein anderer Mensch werden!«

»Das will ich auch gar nicht«, erwidert der Hofrat begütigend. »Nur – ich hab' mir für den heutigen Abend etwas ganz Anderes vorgestellt...«

Was jetzt? Sie hat kein anderes Kleid. Ihr Dirndl? Nein, das nahm sie nicht mit. Wie konnte sie denn wissen –? Aber es ist höchste Zeit, auf den Ball zu gehen...

»Paulin!«

So ist das immer. Wenn niemand mehr aus noch ein weiß, dann ruft man die Paulin.

Sie kommt immer, die Paulin, wenn man sie ruft. Und sie hilft immer, die Paulin. Immer? Wenn sie kann!

Kann sie diesmal?

– Die beiden Frauen verschwinden, und der Hofrat wartet weiter, wartet von neuem, sieht ab und zu auf die Uhr, und es vergeht noch eine Stunde, eine ganze Stunde! –

Auch das ist noch geblieben von den Gebräuchen des altsteinzeitlichen Jägerballs: Genau wie damals kann ein jeder eine Probe seines Könnens liefern.

Dazu ist der Schießstand da. – Der gehört zu jedem Jägerball. Ach, eine Schießbude, denkt vielleicht mancher von den Fremden und geht stolz daran vorbei.

Ja, aber der weiß nicht, daß diese Schießbude der letzte Zweig ist auf einem Baum, der in der Urzeit wurzelt. Wer gut schießen kann, der beweist damit zwar noch nicht, daß er auch ein guter Jäger sei. Aber doch gibt er eine Probe seiner Waffenfreudigkeit, seiner Wehrhaftigkeit, seiner Männlichkeit.

Und in so mancher sehnsüchtigen Maid wächst

die Liebe zu einem, der immer ins Schwarze trifft.

Aber der Schießstand lockt nicht nur die Jungen. Auch die Alten wollen zeigen, daß Hand und Auge noch sicher sind. Er hat gerade geschossen, der Kajetan. Er setzt das Gewehr ab und spricht lachend zum Jäger Gerold, der neben ihm steht.

»Merkst was? Mit euch Jungen nehm ich's immer noch auf! Da hast! Jetzt bist du an der Reih'!«

Schießen kann er, der Zugereiste, der Jäger, der Gerold! Neben ihm, hinter ihm drängen sich die Schützen, junge und alte, und jeder lauert darauf, daß er danebenschießt. Das heißt nicht daneben, natürlich, aber doch an den Rand, einen Achter sagen wir, oder einen Neuner! Aber der Gerold macht ihnen nicht die Freude. Einen Elfer schießt er und einen Zwölfer, und noch einen Zwölfer und wieder einen Zwölfer, ah, da schau her! Und jetzt? Der letzte geht daneben! Abwarten ... Wieder zwölf! A sakrischer Teifl, der Gerold!

Sie drängen durcheinander, die Schützen. Eine Sensation des Abends ist vorüber.

»Seit der Gerold da ist, komm' ich zu keinem Preis mehr«, sagt einer. Der Gerold dreht sich um und lacht.

»Wenn ich nicht einmal schießen könnt', ließet ihr überhaupt kein gutes Haar an mir!«

Recht hat er, der Gerold!

Der junge Förster, der Erblehner, interessiert sich weniger für den Schießstand. Ihm ist es sehr um die Veronika zu tun. Aber nicht, weil sie die Tochter vom Bürgermeister, Großbauern und Gastwirt Oberkogler, sondern weil sie ein junges und fesches Dirndl ist.

Er ist von Anfang an hier gewesen, der Erblehner, und hat die Vroni gleich zum ersten Tanz geholt, damit ihm keiner zuvorkommt. Nun dreht er mit ihr schon den zweiten, und ihr ist es recht, obwohl sie gerade heute abend mehr denn je zu tun hätte, in der Schank, in der Küche ... Aber der junge Forstmann gefällt ihr. Nicht, daß sie für ihn besonders viel übrig hätte, nein, das nicht, obwohl er ein stattlicher, gut aussehender Mann ist. Sie sieht ihn gern. Aber ob sie ihn gern hat? Ach, es gibt so viele fesche Burschen im Dorf! Sie hat sie alle gern – oder gar keinen ...

Er tanzt gut, der Bertl, und er ist nett zu ihr. Sie legt sich fest in seinen Arm und dreht sich und vergißt für eine Weile alle ihre drängenden Pflichten. Plötzlich ist es aus. Warum ist es aus? Ach so, die Musik hat aufgehört! Tief atmend stehen sie einander gegenüber, sehen einander lachend an.

»So könnt' ich noch stundenlang weitertanzen«, sagt Veronika.

Dem Bertl ist es recht. Er hängt sich in sie ein.

»Die Musik fängt gleich wieder an.«

Aber sie macht sich von ihm los.

»Nein, nein! Das geht nicht! Ich muß mich ja um meine Gäste kümmern!«

Sie winkt ihm noch zu, und weg ist sie. Enttäuscht wendet er sich ab. Da ist eine Bewegung am Saaleingang. Was gibt es denn? Ach, der Herr Hofrat kommt, spät, so wie jedes Jahr, aber doch, so wie jedes Jahr!

Er grüßt nach beiden Seiten, schüttelt Hände, die sich ihm entgegenstrecken. Der Erblehner geht. Er ist nicht neugierig auf den Hofrat. Wo noch dazu das Verhältnis ein wenig getrübt ist, seit der Schlägerung im Silberwald ...

Er will in der Menge untertauchen, der Erblehner, aber er verhält plötzlich. Ja, was ist denn das? Wer ist denn die, die dort in dem altsteirischen Bürgerkleid, die mit dem Hofrat geht ... Verdammt hübsches Mädel!

Ja, das ist nun freilich etwas Besonderes, Bertl, nicht wahr? So etwas gibt es nicht in Hochmoos, so etwas war noch nicht da in Hochmoos. Aber verschau dich nicht, Bertl!

Der Gerold hat die Ankunft seines Dienstherrn sogleich bemerkt. Er hat gewartet und aufgepaßt, so wie es sich für einen braven Gefolgsmann gehört. Er kommt und verbeugt sich, bietet den

Jägergruß. Der Hofrat drückt ihm die Hand. Dann stellt er ihn seiner Enkelin vor.

Sie sieht interessiert zu ihm auf. Ach, das ist er also, der Jäger Gerold, dem ein grausames Schicksal Besitz und Heimat genommen und der sich nun still und bescheiden in den einfachen Lebenskreis eines Berufsjägers fügt...

Schau, schau, denkt er, das ist sie also, die Enkelin aus der Stadt, die Abwegige, das Sorgenkind... Sieht gar nicht so abwegig aus, das Mädel...

Und da in diesem Augenblick die Musik wieder zu spielen beginnt, ermuntert der Hofrat die beiden.

»Kinder, ein Ball ist zum Tanzen da! Also hinein in das Vergnügen!«

Damit läßt er sie allein. Wie er weitergeht, steht auf einmal der Bürgermeister vor ihm.

»Willkommen, Herr Hofrat!« spricht er. Er hat schon eine Weile zugesehen. »Ist das am End' Ihre Enkelin, die kleine Liesl?«

Der Hofrat ist stolz auf sein Enkelkind. Er strahlt über das ganze Gesicht. »Da staunen Sie, Bürgermeister, was?«

Der Oberkogler sieht hinüber, wo die Elisabeth mit dem Gerold tanzt, zieht die Augenbrauen hoch und nickt.

»Ja, das ist wirklich eine Überraschung! Aber – ich hab' auch eine für Sie!«

Da sind sie nun alle beisammen, am Honoratiorentisch, die hochmögenden Herren Gemeinderäte, und sie stehen inmitten der Debatte, wie es scheint...

Der Brandl hat das Wort, so wie zumeist, wenn keiner da ist, der es besser kann. Er ist aufgestanden, hat die Brille auf die Nasenspitze geschoben und schaut mit funkelnden Äuglein herausfordernd darüber hinweg, von einem zum anderen. Und hebt dozierend die Hand.

»Also ich versteh' das nicht! Jetzt haben wir einen Beschluß gefaßt: Der Silberwald wird verkauft. Und auf einmal fängt alles wieder von vorne an, nur weil der Oberkogler euch einen Floh ins Ohr gesetzt hat. Aber ich steh' zu meinem Wort! Beschluß ist Beschluß! Brauchen wir eine Jagd oder ein Geld?«

Recht hat er ja eigentlich, der Brandl, so wie immer, wenn keiner da ist, der ihm entgegenredet. Wo er recht hat, hat er recht! Sie nicken mit den Köpfen und sehen einander an.

»Na ja, ein Geld brauchen wir schon!« gibt der Bachler bedächtig und kopfschüttelnd zu.

»Na also!«

Er hat gesprochen, der Brandl. Er darf sich setzen und mit einem großen Schluck Bier die erfolgreiche Kehle befeuchten. Indes sind da noch Bedenken lebendig in der Tischrunde.

»Aber was wird der Hofrat dazu sagen?« gibt der Angerer zu bedenken.

»Das laßt nur meine Sorge sein, meine Herren!« trompetet der Brandl. Er fühlt sich, der Brandl. Er wirft sich in die Brust. »Er soll nur kommen, der Herr Hofrat, er soll nur kommen...«

Er kommt schon, Brandl, er ist schon da, der Herr Hofrat, mit dem Bürgermeister. Sie stehen hinter dir, und du ahnst es nicht. Einige von den übrigen haben es bemerkt und grinsen. Aber du hältst es für freudige Zustimmung zu deinen Ausführungen... Und erhebst deine Stimme noch deutlicher.

»Er soll nur kommen! Ich sag' es ihm ins Gesicht, höflich, aber bestimmt! Herr Hofrat, sag' ich ihm...«

Da steht auf einmal der Hofrat neben ihm, mit einem freundlich lächelnden Gesicht, und sieht ihn an. Darauf war der Brandl nicht gefaßt, nein, darauf nicht! Das Schicksal ist tückisch. Das hat er sich nicht verdient, der Brandl...

Er sieht den Hofrat an und weiß nicht weiter.

»Ä – ä -«, spricht er bloß, aber keiner weiß, was er damit meint. Dann verbeugt er sich leicht und sagt: »Guten Abend, Herr Hofrat!«

»Guten Abend, meine Herren!« Man begrüßt einander, drückt die Hände über den Tisch hinweg, und mancher spürt dabei ein Kribbeln in der

Magengrube. Die Situation ist amüsant. Was wird jetzt kommen?

Der Hofrat und der Bürgermeister haben sich der Tischrunde eingefügt.

»Na, lieber Herr Brandl, ich glaube, Sie haben mir etwas sagen wollen... ?« beginnt der Hofrat.

Freilich hat er etwas sagen wollen, der Brandl, das ist nicht zu bestreiten. Alle haben es gehört, und sogar der Hofrat selber. Und er bestreitet es auch nicht, der Brandl. Er gibt es zu.

»Ä-ja!« sagt er.

Der Bachler stößt ihn mit dem Ellbogen in die Rippen, daß er hochfährt.

»So red was!«

»Ja – also – guten Abend!« bringt der Brandl vor, und das ist wenig.

»Ist das alles?« grinst der Angerer. Er vergönnt dem Großmaul die Beschämung. Aber das ist nicht alles, nein, das ist nicht alles. – Er spricht weiter, der Brandl.

»Ä – guten Abend, Oberkogler!« spricht er, und er unterstreicht die Rede mit einem kollegialen Winken.

»Jetzt hast du schon dreimal ›Guten Abend‹ gesagt«, poltert der Bachler. Der Bürgermeister aber hat ein Einsehen. Der Brandl ist ja sonst ein braver Kerl. Nur seine Großsprecherei ist es, die ihn ab und zu in Situationen verwickelt, aus denen er keinen Ausweg mehr weiß.

Er will dem Brandl helfen, der Oberkogler.

»Schau her, Brandl, ich weiß ganz genau, was du sagen willst. Aber schließlich müssen wir unserem Jagdpächter auch entgegenkommen. Und dann: Kannst du dir unser Tal vorstellen ohne unser Dorf und unsere Berge und unsere Wälder? Nein! Siehst du, und das Wild, das gehört halt auch dazu . . .«

»Du redst grad, als wenn du der Anwalt vom Herrn Hofrat wärst und nicht unser Bürgermeister!« räsoniert der Brandl.

»Aber, meine Herren!« schaltet sich jetzt der Hofrat ein, mit Ruhe und einer liebenswürdigen Festigkeit. »Es handelt sich gar nicht um mich –«

»Naa, aber um Ihre Jagd!« unterbricht ihn der Angerer, und das ist nicht in Ordnung, nicht wahr? Der Angerer ist ein Wildfeind und ein Jagdfeind, und er wird es dem Hofrat sagen, er ja, anders und besser als das Großmaul der Brandl! »Und wenn Sie einen Hirschen schießen wollen, so lassen Sie sich auch von niemandem was dreinreden, weil das Wild Ihnen gehört. Na, und sehen Sie, Herr Hofrat, der Silberwald gehört uns, das heißt, der Gemeinde. Und die Gemeinde hat beschlossen, den Silberwald zu schlagen. Aus!«

Der Hofrat ist nicht böse auf den Angerer. Er sieht nachdenklich und lächelnd vor sich hin. Dann spricht er.

»Was würden Sie dazu sagen, Angerer, wenn einer käme und behauptete: Der Sonnenschein gehört mir, oder der Regen gehört mir, und der Wind gehört mir...?«

Der Angerer weiß nicht, wie das jetzt hierhergehört. »Das ist a Blödsinn!« wirft er hin, und man weiß nicht, wie er es meint. Er ist schon immer ein grober Klotz gewesen, der Angerer. Der Hofrat faßt es so auf, wie es ihm paßt.

»Sehen Sie! Sonne und Regen, Wind und Wetter, Tag und Nacht sind Elemente der Weltordnung. Sie entziehen sich dem Eigentumsbegriff. Und der Boden, das Wasser? Der Wald, das Wild? Sind sie etwa nicht Elemente der Schöpfung?«

»Soll das heißen, daß Sie ein Gegner des Privateigentums sind, Herr Hofrat?«

»Die Frage hat damit gar nichts zu tun. In juridischem Sinne ist das Eigentum an Wäldern und Äckern an die Bauern und Grundbesitzer verteilt. Aber ein jeder, dem ein Stück lebendiger Erde überantwortet ist, gilt am Ende doch nur als Träger eines heiligen Lehens, das er als Schöpfungsauftrag aus den Händen des Herrgotts empfangen hat und zum Segen seiner Mitmenschen verwalten muß, und wofür er Gott und den Menschen verantwortlich ist. Im kosmischen Sinne gehört die Schöpfung allen, nämlich dem kleinsten Getier wie dem Menschen, oder niemandem. So meine ich es.«

Verstehen sie ihn denn, diese Einfachen, diese Bauern? Noch nicht ganz. Aber sie sehen ihn an, aufmerksam und hellhörig, und wie er predigend da mitten unter ihnen sitzt, erscheint er ihnen wie ein Apostel... Oh, der Hofrat ist im Grunde seines Wesens auch ein Einfacher, und was er spricht, das schöpft er aus einer tiefen Klarheit, aus einer inneren Lauterkeit.

»Es wird bald ein veralteter und hoffentlich überwundener Standpunkt sein, daß die Natur dem Menschen gehört, und er mit ihr machen kann, was er will. Alle Erscheinungen der Schöpfung sind Ausdrucksformen eines ewigen, göttlichen Geistes. Welche menschliche Anmaßung und Unwissenheit liegt doch darin, sie in zeitlichen Besitz nehmen zu wollen! Eine ungute Einstellung ist das, meine Herren, eine gefährliche! Denn wer die Natur und ihre Gesetze nicht achtet, der hat auch keine Achtung vor dem Menschen. Auch der Mensch ist ein Stück Natur, ein Bestandteil der Schöpfung. Wer sich den uneingeschränkten Besitz der Natur selbstherrlich anmaßt, der verirrt sich leicht zur uneingeschränkten Verfügungsgewalt über den Menschen. Und von der brutalen Ausbeutung hier ist nur ein Schritt zur Ausbeutung dort. Ohne anständiges Verhalten dem Mitmenschen gegenüber können wir nicht sozial leben, das heißt, in Frieden, Gerechtigkeit und Ordnung. Ohne Anständigkeit gegen unseren Nächsten gibt es keine menschliche Gesellschaft mehr. Aber ohne anständiges Verhalten der Natur gegenüber hört das Leben überhaupt auf. Haben Sie mich verstanden?«

Der Oberkogler nickt. Er hat ihn gut verstanden, den Hofrat. Die übrigen werden ihn verstehen. Er spricht noch.

»Die Natur ist immer gewesen, und sie wird immer sein. Der Mensch ist nur ein flüchtiger Gast darin, selbst wenn er die Erde durch Jahrmillionen bewohnen sollte. Kann wirklich jemand glauben, daß wir das Recht haben, sie zu vergewaltigen, um uns her und in uns? Der Mensch scheint manchmal doch ein recht armseliges und lächerliches Geschöpf zu sein...«

Jetzt wendet der Hofrat sich ganz besonders dem Angerer zu, der mit verschlossener Miene dasitzt. Er hat nichts von dem eingelassen, was der Hofrat bisher gesprochen hat. Man spürt das.

»Das Wild gehört nicht mir, Angerer, wenn ich auch Besitzer einer Eigenjagd und Pächter der Gemeindejagd bin. Wenn ich das uneingeschränkte Verfügungsrecht über den Wildbestand hätte, so könnte mir auch einfallen, ihn auszurotten bis auf das letzte Stück. Und dagegen würde die Gemeinde mit Recht Einspruch erheben...«

»Ja, das ist gewiß!« sagt der Brandl. Er muß natürlich auch etwas sagen, nicht wahr?

»Und ebensowenig gehört der Waldbestand der Gemeinde Hochmoos, wenn sie auch im Grundbuch als Eigentümerin verzeichnet ist. Wir alle haben nur das Recht, die Überschüsse der Natur zu nutzen, also das, was sie aus sich selbst laufend hervorzubringen vermag, ohne an ihrer Substanz Schaden zu erleiden. Es kann doch nicht Sinn und Zweck der Schöpfung sein, daß der Mensch sie nach seinem Belieben ausbeutet, verändert, verunstaltet und zerstört, nur um dabei ein gutes Geschäft zu machen! Unser Silberwald genauso wie unser Hochwildrevier sind kleine Naturwunder, die uns der Herrgott in seiner besten Laune geschenkt hat. Glauben Sie nicht auch, daß uns daraus eine Verpflichtung erwächst? Nämlich die Verpflichtung, sie zu behüten und zu bewahren, auch dann, wenn wir dadurch auf einen augenblicklichen, zweifelhaften Gewinn verzichten müssen?«

Jetzt wacht er auf, der Angerer. Jetzt sagt er etwas. Er legt seine große Faust auf den Tisch.

»Das ist anders, Herr Hofrat! Den Wald können Sie mit dem Wild nicht vergleichen. Der Wald ist nützlich, aber das Wild ist schädlich, das wissen Sie eh, nicht wahr?«

»Schädlich?« fragt der Hofrat lächelnd zurück. »Vom Standpunkt der Natur aus ist am schädlichsten der Mensch selber. Jedes Tier darf das gleiche Lebens- und Nutzungsrecht in der Natur für sich beanspruchen wie der Mensch.«

Da muß er nun auch lächeln, der Angerer. Aber es ist ein spöttisches, ein mitleidiges Lächeln. »Das ist a komische Ansicht«, sagt er.

»Sie entspringt nur der Anständigkeit und Gerechtigkeit gegenüber der ganzen Mitwelt«, erwidert der Hofrat. Der Angerer geht nicht darauf ein.

»Haben Sie sich in der letzten Zeit einmal die Stangenhölzer auf dem Buchkogel angesehen?« spricht er weiter. »Nicht ein Stamm ist übrig, den Ihre Hirsche nicht geschält haben. Wissen Sie, was das bedeutet? Die Hälfte des Holzes ist hin, die andere ist nur noch Schleifholz. Wann's nach mir geht, gehört das Wild überhaupt ausgerottet!«

»Buchkogel!« ruft der Hofrat, »ausgerechnet Buchkogel! Was meinen Sie, Angerer, warum heißt dieser Berg Buchkogel?«

»Ja – wahrscheinlich hat's da einmal Buchen gegeben.«

»Sicher. Und was für Holz steht jetzt auf dem Buchkogel?«

»Fichten, lauter Fichten, das wissen S' ja!«

»Aha. Das bedeutet also, daß die Natur es für richtig hielt, auf dem Buchkogel Buchen wachsen zu lassen. Der Mensch aber hielt es für klug, die Buchen auszurotten und dafür Fichten zu pflanzen. Warum? Weil die Fichte schneller wächst und früher Geld bringt. Also des guten Geschäftes wegen. Jedes Geschäft aber beinhaltet ein Risiko, nicht wahr? Das billigt sogar das Finanzamt zu. Und das Risiko dieses unglückseligen Geschäftes mit der Natur beinhaltet eben das Risiko des Wildschadens, besonders dort, wo die Fichte standortsfremd ist. Das Risiko des Geschäftes trägt im allgemeinen der Geschäftsmann selber, oder nicht? Wenn er seine Ware einem untüchtigen Schiff anvertraut, darf er sich nicht wundern, wenn es untergeht. Er darf aber dann auch nicht das Meer, sondern muß sich selbst anklagen, da er unvorsichtig oder unklug oder unwissend war. Wenn man die alten, naturgemäßen Wälder zerstört, wo das Wild seine Nahrung fand, und an ihre Stelle eine Holzfabrik pflanzt, in der das Wild verhungern muß, geht es eben an die Rinde ...«

»Dabei ist noch gar nicht klar«, schaltet der Bürgermeister sich ein, »ob das Wild aus Hunger schält ...«

»Genau wissen wir noch nicht, warum das Wild schält. Aber genau wissen wir, daß die

Wälder entartet sind, und so dürfen wir uns nicht wundern, wenn auch das Wild in seinen Gewohnheiten entartet. Schuld ist in jedem Fall der Mensch. Ist es anständig und gerecht, für die eigene Schuld einen anderen büßen zu lassen?«

»Das nicht, Herr Hofrat. Aber wenn der Schaden nicht mehr tragbar ist, dann muß das Wild eben weg!«

»Sie meinen also, daß man ein an der Natur begangenes Verbrechen durch ein weiteres Verbrechen an der Natur wieder gutmachen kann...«

»Ich weiß schon, wie Sie es meinen, Herr Hofrat«, drängt der Brandl sich vor. »Aber Sie werden doch nicht bestreiten wollen, daß der Wald wichtiger ist als das Wild...«

»Als Schöpfungselement sind beide gleich wichtig und gleich notwendig. Vom Standpunkt des wirtschaftlichen Nutzens aus haben Sie freilich recht. Aber die Wirtschaft geht vorüber, die Natur bleibt.«

»Der Herr Hofrat hat bis jetzt immer seinen Wildschaden auf Heller und Pfennig bezahlt«, wirft der Oberkogler ein, »und er ist nicht kleinlich gewesen dabei, das wissen wir alle!«

Richtig, richtig! nicken die anderen.

»Ja«, nickt auch der Hofrat. »Ich habe bezahlt, obwohl ich meinen Wildstand nicht überhegt habe und mich daher zur Vergütung des sogenannten

Wildschadens moralisch nicht verpflichtet füh-le.«

»Wieso denn?« fährt der Angerer auf. »Der Wildschadenersatz ist gesetzlich vorgeschrie-ben!«

»Es ist manches gesetzlich verankert, was gegen die Natur ist. Wildschaden! Wenn wir uns darüber einig sind, daß das Wild ein Schöpfungselement ist, dann müssen wir uns aber schnell umschau-en nach jemandem, der dumm genug ist, uns auch den Regen- und Sonnen- und Wind- und Wasserschaden zu bezahlen! Und wer bezahlt dem Jagdeigentümer den Schaden, den er oder sein Wildstand durch die modern übersteigerte Land-und Forstwirtschaft erleidet? Nein, meine Herren, so kommen wir nicht zur Klarheit und gerechten Ordnung!«

Er tut einen Zug aus dem Bierglas, der Hofrat, und die andern warten. Das Gespräch paßt eigent-lich nicht in den Rahmen des heutigen Abends. Aber es ist ein Jägerball, und man spricht von der Jagd. Also paßt es vielleicht doch ...

»Es ist ja heute so«, setzt der Hofrat fort, »daß man für allen vermeintlichen Schaden, den das Wild im Wald und auf den Feldern ver-ursacht, die Jäger verantwortlich macht. Diese sogar gesetzlich untermauerte Meinung ist aber falsch. Denn damit ist gesagt, daß das Wild ganz

64

und gar dem Jäger gehört und nur für die Jagd allein wichtig ist. Man verneint die Bedeutung des Wildes im Haushalt der Natur und damit für die gesamte Menschheit. Und mancher Jäger, der nur Schießer und kein Waidmann ist, mag aus dieser Gegebenheit schon das Recht geschöpft haben, den ihm anvertrauten Wildstand zu vernichten. Das Gesetz hat ihn zu einem Verbrechen gegen die Natur verführt.

Das Wild gehört zur Landschaft. Es ist ein Bestandteil der Gottesschöpfung. Es hat seine biologischen Aufgaben gegenüber dem Ganzen, genauso wie etwa der Regenwurm, ohne den es keine Fruchtbarkeit und damit keine menschliche Ernährung aus dem Boden gäbe. Das Wild hat aber auch kulturelle und wirtschaftliche Bedeutung.«

»Ja, wie soll es denn aber gemacht werden mit dem Wildschaden?« fragt der Bachler. Der Hofrat weiß es, und die übrigen spitzen die Ohren. Sie haben sich alle auf den Jägerball gefreut, aber daß es so interessant würde, das hatten sie sich nicht gedacht ...

»Es muß eines getan werden, was bisher versäumt wurde: Es muß für jedes Revier jene Höhe des Wildstandes festgestellt und verbrieft werden, die ihm von Natur aus und nach dem Schöpfungsplan zukommt. Der Schaden, den dieser naturgewollte und naturnotwendige Tierbestand an den Kulturen verursacht, ist ein Standortfaktor wie das Klima und der Boden. Es kann niemand dafür verantwortlich gemacht werden als die Natur selber.

Man wird daher auch niemandem zumuten dürfen, daß er etwas dafür bezahlt. Damit werden sich Bauern und Forstleute abfinden müssen, so wie mit Tag und Nacht.

Wenn freilich der Jäger diesen Stand überhegt, so wird er den durch die Überhege verursachten Schaden zu vergüten haben, aber nur diesen! Oder man wird ihn zwingen müssen, den Wildstand auf das natürliche Maß zurückzuführen. Aber beinahe noch wichtiger erscheint mir, daß der Jäger angehalten werden muß, den Wildstand der ihm anvertrauten Landschaft nicht unter die natürliche Grenze sinken zu lassen. Hier, meine Herren, sehe ich das moralische Gerüst einer neuen, richtigen Gesetzgebung für die Wildhege und den Wildschadenersatz.

Und was den Buchkogel anbelangt: Zugegeben, die Schäden sind empfindlich, ja sie sind vielleicht katastrophal, und es gibt leider viele Buchkögel in unserem Land. Aber ein Mißstand, der ein Jahrhundert brauchte, um sich herauszubilden, läßt sich nicht von heute auf morgen aus der Welt schaffen, etwa durch die Ausrottung des

66

Wildes. Wir müssen die Ursachen suchen, um das Heilmittel zu finden!

Die Landschaft mit Erde und Pflanzen und all ihrem Getier ist eine organische Einheit, eine Kette mit Millionen Gliedern. Eines greift ins andere, eines hält das andere fest. Bricht man ein einziges Glied heraus, so zerreißt die Kette, die Vergangenheit, Gegenwart und Zukunft zusammenhält, und die Welt stürzt ins Chaos. Wo immer der Mensch in die geheimnisvollen Zusammenhänge der Natur eingreift, löst er eine Kettenreaktion des Unheils aus, das sich zuletzt immer gegen ihn selbst wendet. Der Mensch ist nämlich auch nur ein Glied in der großen Kette!

Wir machen einen großen Fehler. Wir rufen: Hie Jagd! Und wir rufen: Dort Wald! Das ist falsch. Der Herrgott hat Wald und Wild zusammengegeben. Wir müssen beides als eine gewachsene Einheit erfassen und behandeln. Wildpflege und Waldpflege sind zwei innig verflochtene Dinge. Eines ist ein Teil des andern. Der Forstmann wie der Jäger, beide haben in der Vergangenheit gegen die Schöpfung gesündigt. Der eine durch die Begründung der einförmigen Forste, der andere durch die Überhege des Wildes. Sie werden die Sünde wider die Natur nur gemeinsam gutmachen können durch die Umwandlung der Holzfabriken in den naturgemäßen Wald und durch die Anpassung des Wildbestandes an das natürliche Maß. Damit wird die Harmonie des Waldes wiederhergestellt sein.«

Er hat gesprochen, der Hofrat. Er schweigt. Und die anderen sitzen und sinnen. Sie spüren, daß er recht hat, der Hofrat, sicher. Der Oberkogler hat nur einen Zweifel. Er spricht ihn aus und beweist damit, wie sehr er das alles ernst nimmt.

»Das wär' schön, Herr Hofrat, wenn's dazu käme. Aber – die heutige Zeit ist halt nicht günstig dafür. Die Menschen rennen alle weg von der Natur, und sie merken's gar nicht mehr, was sie für ein unnatürliches Leben führen. Und die Gesetzgeber, die sind halt auch schon so naturfremd geworden, daß sie das nicht so leicht einsehen werden. Alles lebt nur in den Tag und für den Tag, jeder denkt nur an sich und an sein gutes Leben. Statt dem Herzen spürt er nur noch seine Brieftasche unter der Jacke und die Seele?

Ich mein', die Viecher haben heutzutag' schon mehr Seele als der Mensch. Alles mögliche erscheint den Leuten wichtig und notwendig, und über Lächerlichkeiten regt sich die ganze Welt auf. Dabei vergessen sie auf das, was das Wichtigste ist: die Natur und das Leben, das eigentliche Leben. Und so geht's halt immer mehr dem Abgrund zu, dem Untergang ...«

Ja, Oberkogler, das paßt nun also wirklich nicht für den Jägerball! Aber der Hofrat weiß auch darauf etwas zu sagen.

»Oberkogler! Die Menschheit ist ein Stück Natur wie ein Baum. Und wenn auch einmal ein Ast dürr wird, daran stirbt der Baum nicht. Im nächsten Frühling treibt er doch wieder neue Blätter und Blüten... Ja, manchmal sieht es schon aus zum Verzweifeln. Aber die Entwicklung bleibt nicht stehen. Leben bedeutet Bewegung, Veränderung. Es ist alles immer in Fluß. Alles wandelt sich, und der Weg geht auf und ab. Hin und her führt das Gesetz des Pendelschwungs. Ich werde es wohl nicht mehr erleben. Aber ich sehe eine Zeit herankommen, wo der Mensch von der Krankheit des sogenannten Fortschritts genesen, wo er vom Irrsinn zum Sinn sich zurückwenden wird, von der Hast zur Ruhe, vom Lärm zur Stille, vom Geschäft zum Gebet. Dann wird er reuig heimkehren zur Natur, seiner ewigen Heimat. Denn die Natur ist Sinn, ist Ruhe, Stille, ist Gebet und Ewigkeit.«

Das ist, was sie alle im Innersten spüren, diese Bauern, bis auf wenige Ausnahmen. Der Bachler ist begeistert. Er springt auf.

»Also, das ist genau das, was ich gesagt hätt', wenn ich so etwas sagen könnt'! So sag' ich nur: Nehmen wir das Geld auf die Baugründe auf und lassen wir den Silberwald stehen! Prost, Herr Hofrat!«

Der Brandl hat seine Verlegenheit von vorhin noch nicht ganz überwunden. Er sieht von einem zum anderen, mit einem beleidigten, gehetzten Blick, wie ein Fuchs, wenn der Dackel vor der Röhre sitzt.

Aber jetzt weiß er, wie er's machen muß, um sich aus der Affäre zu ziehen. Seine Stimme ist hoch und schneidend, und seine Frechheit macht ihm Mut.

»Also bitte! Ich hab' immer gesagt: Erst muß ich mit dem Herrn Hofrat über die Sache reden!«

Oh, dieser Brandl! Sie lachen, sie ziehen ihn auf den Sitz nieder.

Geh, sei stad, Brandl! Er aber hebt das Bierglas und prostet dem Hofrat zu.

Der Hofrat ist sehr glücklich in diesem Augenblick. Er kann dem Brandl nicht böse sein. »Dann verstehen wir uns ja, wie ich sehe, ausgezeichnet!« Er winkt der Kellnerin. »Aber darauf trinken wir noch einen guten Tropfen! Leni! Zwei Liter Roten für den Stammtisch!«

Der Erblehner steht an der Schank mit seinem Glas. Aber die Veronika hat keine Zeit für ihn. Der Betrieb setzt ihr zu. Und er schaut ja auch immer anderswohin.

Natürlich, der Gerold, der Jäger, der ist schon dran an der Neuen, an der Liesl, oder wie sie heißt, der Enkelin vom Hofrat! Aber er wird sie ihm ausspannen, klar! Nichts leichter als das! Er fühlt sich dem Gerold überlegen, der Erblehner.

Er stellt das Glas hin und geht auf das Paar zu, verbeugt sich und nimmt dem Gerold das Mädel einfach aus dem Arm. Elisabeth lächelt nur freundlich dazu. Ihr ist es gleich, mit wem sie tanzt. Es ist der eine so gut wie der andere! Wirklich? Er war eigentlich sehr nett, dieser Gerold...

Auch dem Gerold ist es im Grunde gleich. Er wollte sowieso nicht so lang bleiben! Er hält sich noch einmal kurz an der Schank auf, trinkt ein Glas Wein. Die Veronika hat gerade eine kleine Atempause.

»Willst schon gehen?« fragt sie den Hubert, und es ist ein Vorwurf darin. »Jetzt fangt's doch erst richtig an! Und du hast noch gar nicht mit mir getanzt!«

Er gefällt ihr, der Jäger, genausogut wie der Bertl, vielleicht noch ein bißchen mehr. Aber er ist ein »Besserer«, und solchen gegenüber haben die Ländlichen immer eine gewisse Scheu zu überwinden...

Der Hubert trinkt sein Glas aus. Die Vroni gefällt auch ihm, sicher. Aber er muß zum Dienst.

»Wenn die Jäger tanzen, haben die Wilderer Kirtag!« sagt er. Damit nimmt er den Hut vom Haken.

Sie hat sich gut eingelebt, die Elisabeth, sie fühlt sich wohl. Es geschieht auch alles, um ihr das Leben froh zu machen.

Sie geht durchs Haus wie ein Sonnenstrahl, den es lange genug entbehrt hat, und der Widerschein vergoldet alle Dinge und Wesen und das Leben selbst.

Der alte Herr Hofrat ist glücklich. Er wendet noch mehr Sorgfalt auf sein Äußeres als sonst. Er kommt sich selbst von innen heraus verwandelt, erneuert, verjüngt vor. Die Paulin vermerkt es mit Staunen und Freude, und der Kajetan auch, und wenn sie einander treffen, so schmunzeln sie nur und nicken einander zu wie heimlich Verschworene...

Warum, Elisabeth, hast du dich eigentlich so lange Zeit dieser großväterlichen Liebe und Zuneigung entzogen, die dich beglückt und verpflichtet und auch dich verwandelt hat zum Guten, zur Besinnung, zur Innerlichkeit?

Ach, du verstehst es jetzt selbst nicht mehr. Und du nimmst dir vor, länger zu bleiben als vorgesehen, und danach bald wieder zu kommen...

Sie gehen spazieren, wie immer das Wetter sei, und sie sind ausgelassen und froh wie Kinder. Sie stapfen im tiefen Schnee durchs ganze Dorf und ein Stück in den Wald. Sie plaudern und lachen und liefern einander sogar eine Schneeballschlacht, die Junge und der Alte...

Der Gerold hat schweren Dienst um diese Zeit, und man sieht ihn selten. Er ist bei seinem Wild. Er füttert, er beobachtet, er zählt es. Er wacht darüber, daß seinen Schützlingen keine Unbill widerfährt. Denn auch für das Wild ist dieser Spätwinter mit dem übermäßigen Schneefall eine harte Probe.

Vom Morgengrauen bis in die sinkende Nacht durchpflügt die Skispur des Jägers das Revier. Er will überall zugleich sein, und Bella, die rote Schweißhündin, hat Mühe, ihm zu folgen im tiefen Schnee...

Da ist zum Beispiel diese sonnseitige Dickung, die ins Stangenalter geht. Inmitten steht eine Futterhütte, die jeden Tag frisch beschickt werden muß und immer wieder leergefressen ist bis auf den letzten Halm. Hier ist die gute Stube für das Wild. Die Sonne brennt herein, und wo der Waldbestand eine Lücke frei läßt, rutscht der Schnee in kleinen Lawinen ab, die den Grashang entblößen und damit Äsung bieten. Hier stehen sie, die Mütter mit den Kindern und die heimlichen Herren des Waldes, in Windstille und Wärme. Und es ist viel Wild da. Kein Fußbreit

Bodens, der nicht von einer Fährte gezeichnet wäre.

Hier muß Ruhe sein. Denn jegliche Störung würde das vertraute, wintergeschwächte Wild zu kopfloser Flucht treiben, über die schützende Dickung hinaus in die Hänge, die unter tiefem Schnee liegen. Es würde schließlich erschöpft steckenbleiben und einsinken, den Weg zurück nicht mehr finden können und vielleicht zugrunde gehen.

Es führt ein alter Weg durch die Dickung. Aber niemand geht darauf um diese Zeit, denn alle Leute, die aus der Gegend sind, wissen, daß das nicht sein darf. Damit nun aber ja nichts passiert, hat der Gerold zwei Tafeln aufgestellt, eine oben, eine unten. Darauf steht: »Skifahren verboten!« Er denkt an alles, der Gerold.

Und wenn er selbst die Dickung betreten muß, um zu füttern, so schnallt er vorher die Skier ab und dringt vorsichtig ein, leise rufend. Sie kennen seinen Schritt und seinen Ruf und bleiben vertraut. Er ist ihr Freund.

Heute aber wird er die Skier nicht abschnallen können, diesmal nicht! Denn wie er zu dem alten Weg kommt, sieht er eine frische Skispur darauf, die in die Dickung hineinführt. Und da ist schon das Unglück geschehen: Mit bellendem Schreckruf flieht Rehwild dahin und dorthin, in kopfloser Flucht keucht ein Hirsch an Gerold vorbei, und ein Tier mit seinem Kalb und noch ein Hirsch... Und Bella steht mit gespitzten Ohren und gefalteter Stirn und kann sich das nicht erklären...

»Verdammt!« knirscht Gerold. Dann springt er um und gleitet in schneidender Fahrt bergab, immer der Skispur nach, so daß Bella weit hinter ihm zurückbleibt. Und da sieht er den Kerl schon, der da gefahren ist. Gleich wird er ihn eingeholt haben!

Das ist aber kein Kerl, sondern ein Frauenzimmer, ein Mädel...

»Hallo!« schreit der Gerold. Jetzt ist schon alles gleich!

Da schwingt die Skifahrerin ab, hält an und dreht sich um. Ach so! Das Fräulein ist es, die Liesl, die Enkelin vom Herrn Hofrat...

Ganz egal! Auch sie hat hier nicht zu fahren! Sie schon gar nicht!

Er ist herangekommen. Er ist aufgeregt, außer Atem, unwirsch.

»Wie kann man denn mitten durch das Schutzgebiet fahren!«

Da ist er ja, der Gerold! Eigentlich hat sie mehr oder weniger damit gerechnet, mit ihm zusammenzutreffen. Aber nicht so. Sein barscher, dienstlicher Ton verstimmt sie. Ist sie nicht schließlich die Enkelin vom Chef? Und sie erinnert sich daran, daß der Jäger sich auf dem Jägerball gar nicht mehr um sie gekümmert hat und ohne Abschied verschwunden ist...

»Warum sind Sie denn so bös?« fragt sie. »Woher soll ich wissen, daß man da nicht fahren darf?«

»Es sind ja überall Tafeln aufgestellt!«

»Die hab' ich nicht gesehen!« Sie verzieht schmollend den Mund dabei.

Gerold geht heran. Nun kommt auch Bella nachgekeucht. Es hat sie Mühe gekostet!

Er sieht das Mädchen an. Sie ist hübsch, denkt er. Aber das gehört nicht hierher. Er ist im Dienst, nicht wahr?

»Ihr Stadtleut' seht nie das, was ihr sehen sollt! Ihr glaubt, im Wald kann man sich überall herumtreiben, und dabei versprengt ihr das Wild in alle Winde!«

»Ja, das kommt davon, daß Sie sich seit dem Jägerball nicht mehr um mich gekümmert haben! Ihr müßt uns Stadtleut' eben richtig erziehen!«

Da hat sie auch wieder recht! Resigniert wendet Gerold sich ab.

»Kommen Sie halt in Gottes Namen mit mir, damit Sie nicht noch mehr Unheil anrichten!« sagt er und wendet sich schnell um, damit sie ihn nicht lächeln sieht.

Sie verlassen auf dem kürzesten Weg das Banngebiet. Sie sprechen nicht mehr. Gehorsam folgt das Mädchen dem Jäger. Das Zusammentreffen amüsiert es. Er macht eine gute Figur, der Gerold, auch jetzt und gerade jetzt, in seiner dienstlichen Kompromißlosigkeit, losgelöst von aller Konvention.

Es ist noch früh am Tag. Was es im Wald an Lebendigem gibt, ist unterwegs, um sich zu erwärmen nach der kalten Nacht, um den Hunger zu stillen. Meisenschwärme piepsen und zirpen, klettern und flattern, turnen kopfunter an langen Fichtenwedeln. Elisabeth bleibt stehen und schaut.

»Daß diese kleinen Tiere auch nur eine einzige Frostnacht überstehen können!« sagt sie. »Unglaublich!«

Gerold wendet sich nach ihr um. »Sprechen Sie in der Kirche auch so laut?« fragt er.

Sie versteht ihn nicht gleich. Ach so! »Nein! Verzeihen Sie, bitte!« flüstert sie lächelnd.

Der weiche Pulverschnee schluckt das Geräusch der gleitenden Bretter. Es ist still. Plötzlich steht Gerold und hebt das Glas. Was sieht er denn?

Da sieht es auch Elisabeth. Ist denn das möglich? Bisher hat sie so etwas nur von Bildern gekannt, vom Kino her bestenfalls oder aus dem Zoo. Dort aber steht leibhaftig und frei – ein

Hirsch! Er wendet das Haupt und zeigt ein weit ausgelegtes, regelmäßiges Geweih, bleibt regungslos wie aus Stein...

Der Jäger reicht ihr das Glas. Sie führt es an die Augen, aber es dauert eine Zeit, bis sie den Hirsch findet, und dann muß sie noch eine Weile daran herumdrehen. Jetzt hat sie ihn scharf und so deutlich, daß sie meint, ihn greifen zu können. Dicht vor ihr steht das edle, schöne Haupt mit den großen leuchtenden Augen, so wunderbar nah, daß ihr ein Schauer über den Rücken geht. Sie läßt das Glas sinken und atmet schnell, mit freudeverklärtem Gesicht und muß dennoch schnell wieder hindurchsehen...

Langsam wendet der Hirsch sich ab und setzt vertraut seinen Weg fort. Er ist aber nicht allein. Nach ihm kommt ein zweiter und dritter und noch zwei... Und schließlich ein alter, ein starker, ein großmächtiger, der König der Hirsche. Und jeder exerziert an der gleichen Stelle die gleiche Bewegung des Haltens, der Hauptwendung und des vertrauten Weiterziehens. Lautlos setzen sie ihren Weg fort, verschwinden zwischen den grauen Stämmen.

Lächelnd sieht Gerold auf Elisabeth.

»Schön, wie?« fragt er leise.

»Wie im Märchen!« flüstert sie zurück.

Es beginnt aber erst, das Märchen. Auf dem

Schlag, in der Vormittagssonne, steht Rehwild, ein guter Bock dabei. Sie verhoffen und springen ab. Nur das Knacken der Sprunggelenke hört man, sonst nichts.

Da sind aber auch die kleinen Dinge, die man sehen muß. Der Jäger kennt sie, und er zeigt sie, stumm, durch eine Blickwendung, eine Kopfbewegung, ein kurzes Deuten mit der Hand: eine Marderspur, ein Eichhörnchen, das durch die Wipfel huscht, die kleine Eule dort, dicht an den Stamm geschmiegt und kaum zu sehen, weil sie grau ist wie er ... Und hier! Siehst du sie, Mädchen? Die kleine braune Maus! Unter dem Wurzelstock kam sie hervor. Nun eilt sie zum nächsten Baum, schnell, schnell, ehe ein Feind sie erspähen kann, verschwindet in einem Loch. Nur ihre zarte Fährte bleibt auf dem Schnee liegen wie eine doppelte Perlenschnur.

Auf einer Blöße liegt ein Fuchs in der Sonne, schläft eng zusammengerollt und nur durch die Atemzüge bewegt.

Wird er darauf schießen? fürchtet das Mädchen. Er scheint ihre bange Frage zu spüren. Lächelnd schüttelt er den Kopf.

»Lassen wir ihn schlafen!« spricht er. Still ziehen sie vorbei. Der Fuchs ist ahnungslos.

Es ist wie ein Traum, denkt Elisabeth, wie ein schöner Traum!

Og, og, kr, kr, ruft es da über ihnen.

»Was sind das für Vögel?« fragt sie.

Sie schweben und kreisen, spielen, steigen und fallen. Og, og, kr, kr, rufen sie.

»Kolkraben beim Paarungsflug«, erklärt er.

»Jetzt, mitten im Winter?«

»Ja. Sie spüren den Frühling. Sie wissen, daß die Sonne schon höher steigt mit jedem Tag. Sie sind die ersten im Jahr. Noch ehe der Schnee verschwunden ist, haben sie ihre Jungen im Horst.

Og, og, kr, kr!

Das ist ein schöner Tag heute, Elisabeth, nicht wahr? Ein besonderer Tag. Eine Verzauberung erfaßt dein Herz, die aus dem tiefen und reinen Atem der Berge und Wälder kommt, aus dem Licht dieser spätwinterlichen Sonne, aus dem vielfältigen, geheimnisvollen Leben ringsum. Das kanntest du bisher nicht, Elisabeth, und eine neue Welt ist dir erschlossen seit dieser Stunde, eine wunderbare. Du bist wie ein Kind, das unversehens durch ein bislang versperrt gewesenes Tor in einen zauberhaften Garten eintreten darf ...

Gerold wendet sich zu ihr und sieht erstaunt in ihr frisches, strahlendes Gesicht, in diese leuchtenden Augen.

Sie begegnet gern seinem Blick, und sie wendet sich nicht ab, als sie leise spricht.

»Es ist wunderbar!«

Sie kommen zur Jagdhütte. Die Bank an der Sonnenwand ist schneefrei und warm. Sie rasten.

Das Leben ist anders seit heute vormittag. Das Leben ist schön. Die Himmel jauchzen. Nein, die Kolkraben sind es, die immer noch dort oben kreisen, zwei Punkte im All.

Wie ist das doch, Elisabeth? Gab es da nicht noch ein anderes Leben, verloren in einer großen Stadt? Eine Arbeit und einen jungen Mann, die dir viel bedeuten? Was wohl mit Max sein mag? Wie fern das alles auf einmal ist! Und es sieht alt und grau und abgetan aus in dieser Stunde, jenes andere Leben. Seine Farben leuchten nicht in dieser strahlenden Helle. Seine Töne sind taub vor der Musik des vorfrühlinghaften, sonneüberfluteten Berges.

Wie ist denn das, Elisabeth? Es rutscht dir unter den Füßen weg, dein bisheriges Leben, so wie dieser Klumpen Tauschnee, den dein Schuh abgetreten hat. Jetzt rollt er über den Abhang, weg von dir, immer weiter, und zerspritzt an einem Baumstamm...

Heißes Höhenlicht sengt die graue Hüttenwand. Sie seufzt, sie atmet, sie duftet nach Harz. Die Welt ist Stille und Einsamkeit.

Es tut einen kleinen, dumpfen Knall, wie der Kork sich aus dem Flaschenhals löst. Dampf quillt auf. Es riecht nach Rum und Tee. Der Becher ist heiß. Man muß schnell trinken, ehe man sich die Finger verbrennt.

Die Verzauberung dauert an. Sinnend blickt Elisabeth vor sich hin in die blaue, sonnige Weite. Langsam bewegt sie den Kopf hin und her.

»Nein«, spricht sie leise, »ich verstehe die Jäger nicht.«

Gerold zieht an der kurzen Pfeife. Er läßt den Blick nicht von einem Punkt, der vor ihm ist, in der Weite der Berge. Genauso leise spricht er.

»Warum verstehen Sie die Jäger nicht?«

»Wie kann man auf diese entzückenden Tiere schießen?«

Verflüchtigt sich die Verzauberung? Noch nicht. Gerold strafft sich ein wenig. Das ist die immerwährende, zweifelnde Frage der vielen, der allzuvielen, eine Anklage vielleicht. Gerold weiß es. Wie soll er es diesem Mädchen sagen? Es ist schwierig. Ihre Hand hat an seine Welt gerührt, an seine Überzeugung, an ihn selbst. Eine feine, kleine, weiche Hand freilich. Immerhin – man muß sich wehren! Er nimmt die Pfeife aus dem Mund, wendet sich dem Mädchen zu, sieht ihm plötzlich ins Gesicht. Es hat eine Falte an der Nasenwurzel. Es ist lieb, dieses Gesicht, denkt Gerold. Er schaut wieder geradeaus.

Jetzt hat auch er eine Falte zwischen den

Augenbrauen. Er spricht mit Nachdruck: »Das muß sein!«

»Warum muß das sein?« Sie schüttelt sich leicht in den Schultern.

»Es ist einfach eine Lebensfrage für uns alle!«

Elisabeth hat sich ihm wieder zugewendet. Sie stützt die Hand in die Hüfte. Für sie gilt es, einen Gang zu bestehen für die Tiere, die sie liebt. Es klingt herausfordernd: »Wieso?«

Gerold denkt ein wenig nach. »In der Natur gibt es keinen Zufall, kein Ungefähr, keine Willkür, wenn es auch manchmal so scheinen mag. Alle Wesen und Dinge sind genau aufeinander abgestimmt und miteinander ausgewogen. Jedes Tier vermehrt sich genauso stark, daß alle seine Feinde satt werden und dennoch die Art erhalten bleibt. Wir haben aber die Feinde des Wildes ausgerottet um unserer eigenen Sicherheit willen: die Bären, die Wölfe, die Luchse. Wir haben aus dem ewigen Uhrwerk der Schöpfung ein Rad herausgebrochen. Wir müssen ein neues einsetzen, damit die Uhr nicht stehenbleibt! Es heißt Jagd.«

Das ist mehr als ein Wort, Mädchen, nicht wahr, du spürst es. Es steht etwas dahinter, ein Großes, ein Wissen, eine Kraft, ein Mann. Dennoch schüttelst du den Kopf.

»Nein! Der Mensch ist der Herr der Welt! Er

könnte ein Paradies auf Erden schaffen, wenn er nur wollte, wenn er allem Lebendigen Frieden gewähren würde und alle Tiere leben ließe!«

Gerold lacht ein wenig in sich hinein. »Dann müßten wir alle mitsammen in ein paar Jahren verhungern!«

»Da komme ich nicht mit!«

»Das Wild würde sich derart vermehren, daß es unsere Felder und Wälder vernichten würde und damit die Lebensgrundlagen des Menschen...«

Sag etwas, Elisabeth, wenn du kannst! Aber er spricht schon weiter.

»Und es ist ja nicht so, wie viele Leute sich das vorstellen: daß wir Jäger hinausziehen und nichts im Sinn haben, als immer nur zu morden! So wie früher die Raubtiere das Schwache, das Kranke vernichteten, so müssen wir uns bemühen, das Unzulängliche auszulesen und das Edle zu erhalten. Das ist der Sinn des Waidwerks.«

Ja, Elisabeth, das ist nun eine andere Welt, eine für dich neue Welt, nicht wahr? Ob sie besser ist, weniger verworren als die Welt, der du angehörst, immer noch angehörst, trotz dieses Vormittags im Hochberg und dieser Rast vor der rauchduftenden Hütte? Und die immer noch da ist, immer noch wirkt, immer noch ruft... Nein, sie ist genauso verworren, genauso problematisch, unklar, widerspruchsvoll wie alles auf dieser Welt!

»Wenn das auch seine Richtigkeit haben und notwendig sein mag – ich finde es eines Kulturmenschen unwürdig, bei der Tötung eines Mitgeschöpfes Freude zu empfinden.«

Ach, Mädchen, was tust du? Unbewußt pochst du an das große schwere Tor, das zu den letzten Dingen führt! Wird er dir antworten können, der da neben dir, der Gerade, der Einfache, der Offene? So antworten können, daß du ihn verstehst, daß er dich überzeugt? Abwarten! Er schweigt vorerst.

Und er bohrt den Finger in die Pfeife. Sie ist ihm ausgegangen, weil er vergessen hat, daran zu ziehen. Tut nichts. Er steckt sie ein, wischt die Hände ab.

Er hebt den Blick wieder der sonneatmenden Ferne zu, als käme ihm von dort eine Hilfe. Dann fragt er etwas, worauf das Mädchen nicht gefaßt ist. Und was gar nicht hierhergehört. Oder doch?

»Glauben Sie, daß es einen Herrgott gibt?«

Natürlich glaubt sie das, selbstverständlich glaubt sie das. Und dennoch braucht es eine Weile, ehe sie »Ja« sagt.

»Dann müssen Sie auch an das Leben glauben.«

Wie meint er das? Er spricht weiter.

»Und der Tod ist ein Teil des Lebens...« Er

sieht auf und begegnet ihrem unsicheren Blick. Ach so!

»Verzeihen Sie!« bittet er, »Sie können mich nicht gleich verstehen...«

Es geht um den Urgrund des Lebens. Es ist schwierig, darüber zu sprechen. Er denkt eine Weile nach, dann setzt er fort.

»Hunger und Liebe sind die Urtriebe alles Lebendigen: der Hunger als Sicherung des Einzellebens, die Liebe als Sicherung des Lebens überhaupt. Und so sehr liegt dem Schöpfer an der Erhaltung dieses Lebens, daß er als Lohn für die Sättigung dieser Triebe eine Prämie ausgesetzt hat: die Lust. Es ist also der Wille des Schöpfers, daß alles Denken und Handeln, das die Stillung von Hunger oder Liebe zum Gegenstand hat, lustbetont ist. Für die fleischverzehrenden Wesen steht vor der Mahlzeit die Jagd. Hier liegt die Wurzel eines tiefen, inneren Frohseins, das aus dem Waidwerk entspringt. Die Jagd ist kein Vergnügen, sie ist ein Glück.« Und nach einer kleinen Weile setzt er leise hinzu: »So wie die Liebe...«

Er ist nicht zufrieden mit dieser Erklärung. Man müßte das anders sagen können, einfacher, klarer... Ob sie es dann verstehen würde? Er wendet ihr den Blick zu. Aber sie sieht geradeaus. Hat sie ihm überhaupt zugehört?

Ja, das hat sie. Sie konnte ihm nicht ganz folgen, noch nicht. Aber sie wird darüber nachdenken. So hat noch kein Mensch zu ihr gesprochen.

»Ich danke Ihnen!« sagt sie, nichts weiter. –

Für Og und Kr, die beiden Kolkraben, ist dieser Tag ein Fest der süßen jungen Liebe, der Freude am Leben, am Flug, an der eigenen Kraft, an der Schönheit der Welt.

Erst wie die Sonne versinkt, weit hinter der allerletzten, golden verdämmernden Gipfelkette im Südwesten, kehren sie zur Erde zurück, schweigend, selig, müde. Zum erstenmal seit langer Zeit schlafen sie nicht auf der hohen gipfeldürren Fichte am Hang, sondern auf dem Felskopf, der ihnen von heute an vertrauter erscheint als jeder andere Ort. Unterhalb in der Steilwand liegt auf einer Felsenstufe ein Häuflein dürrer Reisig. Es ist der Rest, den der Bergwind von ihrem Horst aus dem Vorjahr übrigließ.

Wochenlang steht die Sonne voll strahlender Majestät über der Erde inmitten eines Himmels, den kein Schleier trübt, und ihre Kraft wächst von Tag zu Tag.

Sie haben doppelt so viel zu besorgen wie bisher, die Raben. Sie fliegen Jagd und sie fliegen Liebe. Und eines Tages sitzt Kr inmitten des alten Horstes und ordnet, indem sie sich immer um sich selber dreht, mit Schnabel und Füßen das windverworrene Geflecht. Og sitzt auf der hohen Felsnase und wacht.

Sie fliegen gemeinsam bergab, wo die ersten halb dürren Höhenbäumchen stehen. Sie brechen trockene Äste ab, dünne Zweige und zarte Reiser, streichen wieder bergwärts, Last in den Schnäbeln. Sie fügen Balken auf Balken in den Bau ihres Nestes, und es wird wieder wie neu. Je weiter das Werk fortschreitet, um so feiner werden die Stoffe.

Sie pflücken Grashalme, Stück für Stück, auf dem sonnigen Steilhang, der aper geworden, seit die Lawine von ihm abgegangen. Sie lösen die grauen Flechten von den Zweigen der Wetterfichten, tragen sie herbei, Faser um Faser. Und wie sie erst den Leichnam der Gamsgeiß gefunden haben, die von der Lawine verschlungen und wieder ausgeworfen worden war, erreichen sie zweierlei Zweck bei jedem Flug: einen Kropf voll Fraß, einen Schnabel voll Haar. Der Napf des Horstes wird weich und warm.

Wenn sie des Bauens müde geworden sind, fliegen sie nach Fraß, oder sie fliegen Hochzeit, oder sie sitzen auf dem Grat und Og spricht von Liebe. Kr lauscht ihm, und ihr Herz erschauert dabei vor Glückseligkeit. Er hat Wichtiges zu sagen, der Og. Er ist geschwätzig wie eine Elster und unterstreicht die Bedeutung seiner Rede mit eifrigem Nicken des Kopfes und steifem Verbeugen. Leise und eindringlich erzählt er, und es ist zärtliches Werben in seiner Stimme.

Dabei wackelt er hin und her, soweit seine Würde es zuläßt, tritt von einem Bein auf das andere, tanzt einen grotesken Tanz der Liebe vor Kr, die äußerlich regungslos bleibt, an ihm vorbeisieht in den Abgrund des Kars, und doch voll inniger Teilnahme bei ihm ist und keines seiner Worte, keine seiner Bewegungen verliert.

Ihn aber spornt ihre Zurückhaltung zu immer lebhafterem Singen und Tanzen an, so daß er sie schließlich umspringt, mit geöffneten Schwingen und klapperndem Schnabel, und sie nicht anders kann, als sich ihm zuzuneigen und zu beweisen, wie sehr sie ihn doch liebt...

Es ist eine wunderbare Zeit.

Der Horst ist fertig. Eines Morgens liegt das erste Ei darin, dessen grünliche Schale braungrau beregnet ist. Kr ist stolz darauf, und Og rauft sich die Bauchfedern aus vor Freude. Kr hat das übrigens schon vor einigen Tagen besorgt. Wenn es eine Wonne gibt, die der Liebe gleichkommt und sie beinahe noch übertrifft, so ist es das namenlose Glück, das eirunde Kleinod im Nest unter dem bloßen Leib zu spüren und ihm Wärme mitzuteilen. Auch der Vater sehnt sich danach. Kr aber kommt ihm zuvor und besitzt das Ei. Sie hat ja auch größere Rechte daran. Og steht ungeduldig daneben, voll Aufforderung. Als Kr den Horst verläßt, macht er sich darin breit und genießt die Wonne der Väterlichkeit.

Aber der Trieb ist nicht von Dauer und das Gelege auch noch nicht vollendet. Immer noch fliegen sie gemeinsam nach Fraß und nach Liebe. Zwei Tage später liegt ein zweites Ei im Horst, und es ist genauso vollendet wie das erste. Die Freude darob ist so groß bei Og, daß er Kr gleich wieder zu umbalzen beginnt, als wollte er immer noch mehr Fruchtbarkeit von ihr fordern.

Fünf Eier wölben sich in der weichen Mulde des Horstes. Beide Raben lieben sie gleichermaßen. Rabeneltern sind die besten der Welt. Das Gelege ist voll. Es darf nun nicht mehr auskühlen. Sie brüten gemeinsam. Sie wechseln ab. Wer abgelöst ist, sitzt auf der Felsnase und wacht oder fliegt nach Fraß und bringt, wenn es gut geht, einen Kropf voll Speise mit, füttert den Brütenden mit Hingabe, als wäre er ein Kind. Sie lieben einander. –

Auch für die Buben ist das eine schöne Zeit, wenn es aper wird und die Schneerosen blühen. Dann steigen sie in die Wälder hinauf, soweit sie gangbar geworden sind, auf den Sonnseiten zuerst. Sie durchkriechen die Dickichte, die neben den großen Wildfütterungen liegen, sie durchstöbern die Althölzer und rennen die Schläge und Wiesen ab und suchen.

Was suchen sie? Etwas, das jedes Bubenherz jauchzen macht, wie ein guter Schuß das Herz des Jägers: Stangen. Wenn der Frühling kommt und im Holz der Saft wieder steigt, will auch das neue Geweih wachsen auf den Häuptern der Hirsche. Es pocht und es drängt und stößt das alte Geweih ab, das der Hirsch brav und tapfer durch Sommer, Herbst und Winter und durch manchen harten, aber ritterlichen Zweikampf getragen.

Da liegen sie nun, die Abwurfstangen, sperrig und zackig, rotbraun und kostbar, von beglückender Schwere und bezaubernder Rauheit. Nur die Abbruchstelle leuchtet weiß am unteren Ende. Selten, daß ein Hirsch beide Stangen zugleich abwirft. Oft aber findet man die zweite doch, einige hundert Schritte weiter, und die Freude ist groß.

Steffl und Seppl sind unterwegs, die zwei Buben, der große und der kleine, seit dem frühen Morgen. Der Wald lacht. Ihre Herzen auch. Sie haben Stangen gefunden, starke, vielendige, paarige. Es ist eine Freude. Sie schleppen sie heimwärts. Drei Schneerosen hat sich jeder hinter die Hutschnur gesteckt.

Der Steffl ist so ernst in der letzten Zeit. Warum

nur? Sogar dem kleinen Seppl ist es aufgefallen, aber er rührt nicht daran.

Sie stehen und schauen, wägen die kostbare, geheimnisvolle Beute in den Händen.

Und doch rührt er jetzt daran, der Seppl, ohne es zu wissen.

»Gehst jetzt nimmer mit dem Jager?«

Das ist die wunde Stelle an deinem Herzen, Steffl. Aber du bist ein Mann, Steffl, nicht wahr, beinahe schon ein ganzer Mann, und läßt dir nichts anmerken. Und so obenhin sagst du darauf:

»Naa, der geht jetzt immer mit dem Fräuln aus der Stadt, die beim Hofrat auf Besuch ist. Da hat er ka Zeit für mich ...«

Ja, so ist das, Steffl, und beim letzten Satz hat dir dennoch eine harte Hand die Kehle zugeschnürt. Hat der Seppl es bemerkt? Es scheint, als wollte er den Freund trösten:

»Ach, die wird doch wieder einmal wegfahren, net?«

Der Steffl schüttelt traurig den Kopf. »Na, so bald fahrt die net weg!«

Er wendet sich ab, um das unerfreuliche Gespräch zu beschließen, tut einige Schritte bergan, um weiterzusuchen.

Da hält er plötzlich an und reckt sich hoch, dreht den Kopf und lauscht.

Hetzlaut! Ja, aus der Ferne, weit, aus der Tiefe des Grabens, kommt Hetzlaut, keifendes Jagdgebell eines Hundes...

Ob das der wildernde Hund ist, hinter dem die Jäger schon so lang her sind und den sie nicht kriegen können?

Und schon springt der Steffl davon, Hals über Kopf, dem Hetzlaut nach, als ob er damit etwas ausrichten könnte.

Was hat er denn, denkt Seppl. »Steffl!« schreit er, »Steffl, was hast denn?«

Aber der Steffl hört ihn nicht mehr, und gleich darauf ist er im Wald verschwunden...

Wenn ein Hund wildern geht – ist das eigentlich sehr bös?

Bös ist das nicht, aber schlimm.

Da gibt es Hunde in den Dörfern, an den Stadträndern, um die sich niemand recht kümmert. Sie haben Langeweile. Und vielleicht werden sie nicht gut gefüttert. Sie haben immer ein wenig Hunger. Und wenn so ein Hund – einfach zum Zeitvertreib – eines Tages spazierengeht, ganz ohne schlechte Absichten, auf die Wiese, über die Felder, in den Wald, da kann es freilich sein, daß er plötzlich auf die warme, duftende Fährte eines Rehes stößt oder die frische Spur eines Hasen...

Nun, der Hund ist ein Raubtier. Es liegt in

seiner Natur, daß er die Nase tief nimmt und der Spur folgt. Wenn das Wild ihn herankommen sieht, läuft es vor ihm davon, das ist so klar, wie das Wasser bergab rinnt. Und der Hund rennt dem Wild nach. Das ist ebenso klar.

Gelingt es ihm, das flüchtende Wild zu reißen, so ist es um ihn geschehen – ein für allemal. Wenn er erst den süßen betörenden Geschmack des frischen warmen Blutes auf der Zunge spürt, ist er der Jagd verfallen, und von da an geht er wildern, sooft er nur abkommen kann.

Denkt euch, so ein Hund finge nur einen Hasen in jeder Woche, so sind das viele, viele Hasen in einem Jahr, und fünfzig Mittagessen für eine mehrköpfige Familie! Da gibt es aber Hunde, die fangen nicht nur einen, sondern zwei oder fünf Hasen in der Woche und noch mehr und ab und zu auch einmal ein Reh. Und da ist ja nicht nur *ein* Hund, sondern es sind ihrer mehrere in jedem Dorf oder am Stadtrand, die wildern gehen.

Das darf nicht sein. Darum muß der Jäger auf solche Hunde schießen, um das ihm anvertraute Gut zu bewahren und sein Wild zu schützen vor der Beunruhigung und Qual der Hundejagd. So zwingen die Notwendigkeiten des nackten Lebens dem Menschen ihre Gesetze auf und schlagen alle Liebhaberwerte aus dem Feld!

Da ist er nun wieder, der wildernde Hund.

Wo er vorbeikommt, gibt es vielfache, halsbrecherische Flucht durch den weichen Schnee, bergauf und bergunter, nur weg, nur weg, rette sich, wer kann! Die Rehe schrecken, und das Hochwild bricht durchs Gestrüpp. Die Wildwelt steht kopf.

Da ist er schon, da kommt er, mit fliegender Zunge und flockendem Geifer. Jauf, jauf, jauf! Und dahin ist er.

Kühn wie ein Gams springt der Steffl den Berghang hinunter und stößt beinahe mit dem Jäger zusammen, dem Gerold, der gerade angelaufen kommt, um den Hund zu sehen, um ihn zu kriegen, um ihm das Handwerk zu legen für immer.

»Der wildernde Hund ist wieder da!« schreit der Steffl ihm entgegen, hält keuchend an.

»Hast du ihn gesehen?« Der Jäger ist genauso atemlos wie der Bub.

»Nein!«

Das Gebell ist verstummt. Hat der Hund Beute gemacht, oder hat er das Weite gesucht?

Niemand weiß es. Sie gehen weiter, Gerold und Steffl.

Sie suchen nach Fährten im Tauschnee, hin und her, bergauf, bergab. Und sie finden etwas. Sie finden die Fluchtspur eines Hundes...

»Das muß aber ein großer Hund sein«, meint

Steffl. Der Jäger nickt nur. Sie gehen der Spur nach. Eine flüchtige Rehfährte läuft nebenher.

Plötzlich reißt es den Buben. »Dort! Ein Reh!« schreit er, streckt den Arm aus.

Sie gehen heran. Weitum ist der Schnee zertreten, zerwühlt, verfärbt von einem blutigen Kampf. Da liegt das Stück. Ein Bock ist es, drei Jahre alt und mit einem Bastgeweih, das gute Zukunft versprochen hat. Schade darum!

Den Jäger packt ohnmächtige Wut.

»Verflixtes Zeug! Das ist jetzt schon das fünfte Reh, das dieser verdammte Köter gerissen hat!«

Da hilft aber kein Fluchen. Der Bock ist tot, und der Hund ist weg, und der Jäger steht da mit dem Gewehr in den Händen und kann noch immer die Kugel nicht loswerden, die er für den wildernden Hund bestimmt hat.

Verflixtes Zeug!

Ganz hoch oben, wo der Wald nicht mehr weiterkam, weil das Leben zu hart ist, singt die Ringdrossel. Ihr Lied ist wie eine Reihe von Seufzern, die laut beginnen und immer leiser werden in stillem Entsagen. So wie der Wind stoßweise durch das Gewirr der Krummäste bläst. Sie könnte es leichter haben. Unten im Land ist blühender Mai, sind Sonne und blauer Himmel.

Dort stehen Blumen auf hellgrünen Wiesen, und viele Vögel singen.

Sie könnte es leichter haben. Aber wo pfeift der Wind so traut wie in der Heimat? Wo ist die Öde so heimelig? Die haben gut singen dort unten...

Still und kalt ist es. Früh, ganz zeitig, als es noch finster war, hat das Schneehuhn gerufen, einmal, zweimal. Nun hockt es unter den Ästen der Legföhre, rund wie eine Kugel, und schüttelt den Schnee aus den Federn. Und oben auf dem Kamm hat ein Spielhahn sein Lied versucht. Er hat es aber gleich wieder sein lassen. Es ist nicht lustig zu balzen im schneidenden Wind.

Nur das Lied der Ringdrossel ist geblieben, und zwischen den Strophen ist nichts als das Rauschen der Berghöhe, Musik von Wind und Wasser.

Im Kar liegt Schnee. Der Wind hat ihn hier zusammengetragen den ganzen langen Winter. Wohl frißt die brennende Sonne der Höhe an ihm, und die Wärme des schlummernden Berges tut ihm Abbruch von allen Seiten. Aber er liegt immer noch hoch, gepreßt und hart.

Er hat sich mit glasigem Eis überzogen, als würde er die Zähne zusammenbeißen und niemals weichen wollen.

Da bleibt nichts als Warten für die, die unter ihm schlafen in winterlicher Erstarrung: die Alpenrosen, die blaßblauen Glockenblumen und der gelbe Enzian. Solange der weiße Alpdruck auf ihnen ist, gibt es kein Erwachen für sie.

Aber anderes ist erwacht in der Tiefe, warmes, kämpfendes Leben. Da ist Kratzen und Scharren im harten Schnee, da ist Arbeit mit Mut und Kraft und Entschlossenheit, und vielleicht auch mit Verzweiflung, unermüdlich immer wieder beginnend nach kurzen Pausen.

Es ist ein Wühlen in zäher, eisiger Masse, Kampf gegen ein fremdes Element, in einer Kälte, die dieses keuchende Leben feindlich umstarrt. Ist Arbeit in einem engen Schacht, der aufwärts führt, nur immer aufwärts. Schwere Arbeit für die krallenbewehrten Hände, die von der Anstrengung glühen und naß sind vom Schnee, der daran zerrinnt.

Weiter! weiter! Oben ist Luft, oben ist Nahrung! Der schwache Schein, der ab und zu in die Finsternis dringt, zunimmt, wenn oben die Sonne aus den Wolken tritt für einen kurzen Augenblick – eine fahle, glanzlose Sonne – und wieder erstirbt, ist Wegweiser dorthin, und gibt neue Hoffnung und frische Kraft.

Es ist nicht mehr ganz finster um sie, die Grabenden. Es wird grau. Der Tag scheint durch den Schnee. Und es wird lichter, je weiter die emsigen Grabhände arbeiten. Plötzlich gibt es einen hellen Ton wie Kratzen auf rauhem Glas, und die schwarze Krallenhand fährt ins Leere. Ein flaches Stückchen Eis bricht aus der starren Decke, gleitet klirrend zu Tal, kommt langsam zum Stehen, wo das Kar ausläuft.

Inmitten des Schneefeldes ist ein kleines Loch. Eine Nase steht in der Öffnung, grau und dick, bewegt sich schnuppernd, saugt die kalte Luft ein mit tiefen Zügen, verschwindet und kommt wieder. Die Oberlippe ist gespalten und gibt ein Paar rotgelber Nagezähne frei.

Ein Hase?

Wieder sind die Grabhände da, wuchten an dem glasscharfen Rand. Klingend bricht Eis, schlittert eilig über den Abhang.

Das Tier zwängt sich durch, steht mit zwei Füßen im Freien, wendet den Kopf nach allen Seiten, hat kleine runde Ohren, die dicht am Kopf liegen. Es ist kein Hase, aber wie ein kleiner Bär sieht es jetzt aus, eisgrau und zottig behaart, schwerfällig und plump. Dann sitzt es im Schnee, klein und gedrungen, auf niedrigen Füßen, mit einer kurzen buschigen Rute und hängendem Bauch. Ein Dachs?

Plötzlich ist noch ein solches Tier da, und ein drittes kommt aus der Röhre, und wieder eines und noch eines. Nimmt das kein Ende? Da sind große und kleinere und ganz kleine. Zwölf sind es, zwölf! Nun kommt keines mehr.

Der Wind bläst ihnen ins Fell, unbarmherzig, wühlt darin und stellt die Haare auf. Abgemagert und elend, struppig und grau, arm und ratlos wie verbannte Seelen sitzen sie auf der weißen Fläche. Man verträgt nicht gleich das Licht dieser Welt, wenn man sieben Monate unter der Erde war. Man muß tief Atem holen und die Stickluft der Tiefe aus den Lungen bringen.

Nun steht eines aufrecht, das größte. Es sitzt auf den Keulen, sticht steil in die Luft über der Herde der übrigen und schaut in die Runde. Die Nase spielt. Dann wird es niedrig und geht langsam und breitspurig, unsicher ob der Steile des Eishangs, an die sich die Krallen der Füße klammern, leise rasselnd. Es steht ein Weilchen still, wie um auszuruhen, geht weiter, schwankend, als hätte es keine Kraft. Die anderen folgen ihm, eines hinter dem anderen, in einer langen Reihe.

Gespenstisch dieser Zug in der Stille des grauen Bergmorgens! Wie sie wandern, das ist wie ein einziges, vielgliedriges Tier, das träg und langgestreckt, ruckweise, schlingend über den Schnee kriecht, ein sagenhaftes Wesen der Vorzeit, das zu neuem Leben erwacht ist nach jahrtausendelangem Schlummer im Berg ...

Am Rande des Kars geht ein Rücken in die Höhe und in die Tiefe, nicht allzu steil. Hier ist kein Schnee. Schon mitten im Winter hat der

Wind ihn von da weggefegt. Freilich, grün ist hier noch nichts. Nur gelbes, strohdürres Gras gibt es, stechenden Bürstling, weiße Flechten, wie Leder so zäh, und graues, vertrocknetes Bergmoos. Armselige Reste, ausgelaugt von Schnee, Wasser und Wind, ausgedörrt von der Höhensonne.

Und doch reichliches, köstliches Mahl! Sie stürzen sich darauf, die Murmeltiere. Sie zerstreuen sich auf der aperen Fläche, nagen die kümmerliche Weide ab dicht am Boden, hastig, mit kleinen Schritten der emsigen Arbeit der Zähne folgend.

Keines blickt auf, keines steht auf den Keulen und sichert in die Runde. Gefahr? Gibt es ärgere Gefahr als Hunger? Würde der Wind ihnen feindliche Witterung zutragen, sie gewahrten es nicht. Käme der Adler vorbei an diesem Morgen, er fände leichte Beute. –

Elisabeth wird den Geburtstag ihres Großvaters ganz besonders schön gestalten müssen! Müssen? Ach, sie will es von Herzen gerne. Der alte Herr soll sich an diesen Geburtstag mit Freude erinnern können, später, wenn sie nicht mehr da sein wird. Wie lang ist es doch her, seit sie zum letztenmal bei Großvaters Geburtstag war? Sie war ein kleines Mädchen damals... Und – wer weiß, ob sie überhaupt noch einen Geburtstag mit dem alten Herrn wird feiern können?

Sie hat ihn gern. Er ist voll Güte und Verstehens für sie, obwohl er doch völlig in seiner eigenen Welt eingesponnen ist! Liebt sie ihn? Gewiß. Aber es ist da noch etwas anderes. Sie weiß es heute noch nicht, daß dieses neue beglückende Gefühl aus dem Unterwissen um die sippenhafte Zusammengehörigkeit kommt, aus dem Geborgensein in einem Leben, das einen ruhigen Atem hat, den Atem einer Zeit, die längst vergangen schien. Sie spürt heute nur, daß von diesem alten Mann und seinem Leben eine Ruhe ausgeht, eine Sicherheit, eine stille frohe Zuversicht...

Und alles, was das liebe alte Haus umschließt an lebendigen und scheinbar unlebendigen Dingen, ist von geheimnisvollem Leben erfüllt.

Wie oft sind sie, der Herr Hofrat und seine Enkelin, durch die Räume geschritten, langsam, vor diesem und jenem Stück Hausrat oder Bild stehengeblieben! Keines, das nicht seine Geschichte erzählte, das nicht eine Sage raunte, nicht Schicksalszeuge vergangenen Lebens wäre, eines Lebens, das Elisabeth nie kannte, und das doch auf so seltsame Weise ihr nahesteht wie nichts anderes auf der Welt. Es ist bezaubernd und geheimnisvoll. Entspringt nicht eine Verpflichtung daraus?

Nein, so weit geht die starke Anmutung dieses anderen Lebens noch nicht für Elisabeth. Was sie heute fühlt, ist nur ein starkes, aus allen Dingen und Wesen wirkendes Glück...

Und wie er von ihrem Vater zu erzählen weiß! Da saß er als Junge über seinen Büchern, und dies ist seine Armbrust, mit der er die ersten Bubenschüsse getan. Der alte Kirschbaum dort gehörte zu seinem Revier, und in seinen Ästen turnte er um die Zeit, wo die Kirschen reiften. Und diese Berge und Wälder – wie hat er sie geliebt!

Dieser Baum, siehst du, Liesl, stand schon, als er zum erstenmal zur Jagd ging, die Büchse auf der schmalen Schulter. Und jenen dort hat er selber gepflanzt. Wie groß er schon ist! Ja, die Jahre gehen schnell!

Aus allen Dingen und Wesen sprechen Haus

und Boden und Landschaft sie an in einer Sprache, die ihr bislang fremd gewesen, und die sie dennoch zu verstehen beginnt, allmählich.

Es ist also durchaus in Ordnung, daß sie ein ganz besonderes Geburtstagsgeschenk für ihn hat, den lieben alten Herrn, in dessen Wesen ihr manchmal die Gestalten von Vater und Großvater zu verschmelzen scheinen. Und heute ist endlich das Aviso von der Bahn da, daß die Kiste angekommen ist.

Wer soll sie holen? Der Toni ist mit dem Fuhrwerk fortgefahren, und sonst findet sich niemand. Doch, der Kajetan! Er ist sogleich bereit, warum denn nicht, denn für die Liesl tut er gerne alles, der Kajetan.

Und schon zieht er einen kleinen Handwagen aus dem Schuppen und will auf und davon. Aber allein läßt ihn die Liesl nicht gehen, o nein! Sie will die Kiste selber in Empfang nehmen, damit nichts passiert! Der Inhalt ist kostbar und zerbrechlich!

Kajetan räsoniert etwas in seinen Bart, weil man kein Vertrauen zu ihm zu haben scheint. Er hätte die Kiste auch allein unversehrt zur Stelle geschafft. Aber wenn die Liesl mitkommen will, nun in Gottes Namen!

Sie haben die Kiste aufgeladen und ziehen das Wägelchen hinter sich her, nebeneinander, wie brave Kinder, der alte Kajetan und die blutjunge Elisabeth.

Als sie an der Kirche vorbeikommen, dringt Orgelspiel heraus. Ist denn jetzt Gottesdienst? Nein, das nicht. Aber es spielt jemand. Und er spielt gut. Ja, er spielt meisterhaft. –

»Wer spielt denn da?«

Der Kajetan weiß es natürlich, aber er sagt es nicht, der alte Fuchs.

Und es scheint, als wüßte er von verborgen und geheimnisvoll wirkenden Kräften und Dingen mehr, als die Liesl und der Orgelspieler sich vorerst noch träumen lassen ...

Er lächelt verschmitzt vor sich hin und wischt sich den Bart.

»Weiß nicht, wer da spielt«, meint er, »kann's mir nicht denken, Fräulein Liesl.« Er dreht den Kopf weg und schaut einmal ganz weit hinauf in die Berge, weil er mit den Augen blinzeln und das alte Gesicht verziehen muß vor hinterhältiger Freude ...

»Das interessiert mich«, sagt Elisabeth, »ich bin gleich wieder da!«

Damit schreitet sie die Stufen hinauf, öffnet die schwere Kirchentür und tritt ein.

Der Kajetan blinzelt noch. Er grinst übers ganze Gesicht. Jetzt darf er es. Niemand ist da, der ihn sieht.

»Überall muß sie ihre Nase hineinstecken!« quengelt er. Damit steckt er seine große rote Nase in ein großes rotes Taschentuch und schneuzt sich so kräftig, wie er nur kann.

Die Kirche ist leer. Nein, sie ist angefüllt bis in alle Winkel und Wölbungen von diesem gewaltigen Orgelklang, der tausendfach gebrochen und dennoch wie ein einziger brausender Strom über Elisabeth zusammenschlägt.

Wer spielt da?

Man sieht ihn nicht.

Man muß sich die eng gewundene finstere Steintreppe hinaufschlängeln. Man muß die Empore erklimmen. –

Da sitzt ein Mann und spielt. Gerold ist es. Ist das wirklich Gerold? Natürlich, wer sonst?

Elisabeth steht eine Weile ohne Regung. Sie läßt den Blick nicht von diesem Mannesgesicht, das ihr neu ist unter diesem Ernst, unter der Anspannung des Spiels, in der Hingabe an die Gewalt der Musik.

Spielt er? *Es* spielt, er ist nur Werkzeug. Er greift die Tasten, aber die Musik hat nach ihm gegriffen, hat ihn gefaßt und läßt ihn nicht.

Und die Musik erfaßt auch sie, Elisabeth, so daß sie mit kleinen lautlosen Schritten näherkommen muß, allmählich, ohne es zu wissen, ohne es zu wollen, und plötzlich dicht neben ihm steht.

Das weckt ihn. Das reißt ihn aus der Verzauberung. Und jäh löst er Hände und Füße vom Instrument, blickt auf.

Sieht in dieses weiche Mädchengesicht, das mit glänzenden Augen vor ihm steht, die feuchten Lippen geöffnet wie ein staunendes Kind.

Sie schweigen einander an, eine kleine Weile.

»War das nicht Bach?« fragt das Mädchen endlich.

Er wendet sich wieder dem Instrument zu, sieht auf die Tasten.

»Ja, die G-Moll-Phantasie!«

»Wo haben Sie so spielen gelernt?«

»Ach«, er sieht geradeaus in die Dämmerung des Kirchenschiffs. »In einem anderen Leben.«

Plötzlich greift die Musik wieder nach ihm, reißt ihm die Hände auf die Tasten, und das Spiel löst ihn aus der Bindung des Augenblicks, so daß er alles vergißt, das Mädchen, Zeit und Raum und sich selbst.

Spiel nur, Gerold, es ist das letzte, das dir blieb aus einer vergangenen Zeit! Spiel nur, die Musik gibt dir alles wieder! Das Haus, den Hof, die Wälder, die dir Heimat waren! Ritt durch den dampfenden Morgen, am Teich, am Acker, am Vorwerk vorbei, und immer auf eigenem Grund. Und Brüder und Schwestern und Mutter und Vater. Vater, der dir zum erstenmal die weichen runden Kinderhände auf die Tasten legte und dich musizieren lehrte. Spiel, spiel, und sei glücklich!

Hör auf, Gerold, es ist doch alles umsonst! Haus und Hof und Heimat – alles verloren auf Nimmerwiederkehr! Vater und Mutter, Brüder und Schwestern, alle tot! Hör auf; und mach den Deckel zu, die Musik zwingt das Verlorene nicht zurück, sie hilft dir nicht, sie höhlt dich nur aus, sie macht dich trunken, sie macht dich taumeln, wo du doch mit beiden Füßen fest auf dem Boden der Welt stehen mußt, dieser anderen Welt, dieser harten, dieser fremden ...

Mach Schluß!

Der letzte Orgelton verzittert in den Spitzgewölben. Wo ist das Mädchen hin?

»Elisabeth!« ruft Gerold. Er steht auf, geht mit schnellen Schritten an die Brüstung, viel zu schnell für eine Kirche, viel zu laut.

»Elisabeth!« Viel zu laut.

Nur der Widerhall antwortet ihm. –

Er versteht etwas davon, der alte Herr Hofrat, das muß man ihm lassen! Er hat sogleich gemerkt, was los ist, als er die Zimmertür öffnete und sein Blick auf die Madonnenstatue fiel, die auszupacken seine Enkelin gerade noch Zeit gefunden.

Er ist entzückt, er ist begeistert. Er steht

vor dem Bildwerk und Elisabeth neben ihm. Er braucht eine Weile, um vom Staunen zur Sprache zu finden.

»Erste Hälfte siebzehntes Jahrhundert. Wunderbar!«

Das freut dich doch, Mädchen, daß dein Großvater einen so sicheren Blick hat für solche Dinge! Er ist dieses Geschenk wert. Elisabeth nimmt ihn um den Hals und küßt ihn auf die Wange.

»Alles Gute zum Geburtstag!«

»Ich danke dir, Liesl! Aber – die Madonna kann ich nicht annehmen. Nein! Die ist ja viel zu kostbar!«

»Ach, sie war gar nicht teuer, Großpapa!«

»Woher hast du sie denn?«

»Stell dir vor: Ich habe sie bei einem Bauern unter dem Dachbodengerümpel gefunden. Ich mußte sie freilich restaurieren –«

»Mit viel Liebe und großem Können, mein Kind!«

Er streicht ihr über das Haar.

Sie sitzen vor dem Kamin. Der alte Herr hat zwei Gläser mit dunkelrotem Wein gefüllt. Soll er jetzt etwas sagen? Etwas von dem, was ihm seit je auf dem Herzen liegt? Die Gelegenheit scheint günstig.

»Weißt du – jetzt verstehe ich überhaupt nicht mehr, was du an diesen neumodischen sogenannten Kunstwerken findest. So ein gesundes und natürliches Mädel wie du...«

»Bitte, Großpapa, heute wollen wir nicht von diesen Dingen reden, ja? Wir sind nun einmal verschieden! Haben wir einander deshalb weniger gern?«

»Nein, mein geliebtes Sorgenkind!« resigniert der alte Mann. Er lächelt ein wenig schmerzlich und hebt das Glas.

»Großpapa!« sagt Elisabeth, nachdem sie getrunken hat.

»Ja?«

»Ich bin doch eigentlich nur für ein paar Tage gekommen. Wäre es dir recht, wenn ich noch eine Zeit hierbliebe?«

Jetzt lacht dein altes Herz, nicht wahr, Hofrat? Diese Frage, die Musik für deine Ohren ist und Wasser auf deine Mühle, hast du nicht erwartet, heute noch nicht. Und diese Frage ist ein zweites Geburtstagsgeschenk an dich, ein noch viel wertvolleres.

»Eine größere Freude kannst du mir gar nicht machen!«

Er trinkt sein Glas leer.

»Bist du schon darauf gekommen, daß es hier viel schöner ist als in der Stadt?«

Ja, natürlich hast du das schon gespürt, Elisabeth, und jeder Tag beweist es dir von neuem, jeder Schritt im Haus und aus dem Haus. Aber die Wurzel deines Wesens ist zu tief verankert in einer anderen Welt. Man kann sie nicht einfach ausreißen, um sie neu in einen anderen Boden zu versenken. Das geht nicht. Am Ende wirst du wieder zurückkehren müssen zu deiner Arbeit. Zur Arbeit! Man kann nicht immer nur spazierengehen! Das Bild deines verwaisten Arbeitsplatzes in der großen Stadt steht täglich neu vor dir und beunruhigt, mahnt und ruft. Und eines Tages wird Max heimkehren, dann wird ein lebendiger Mahner da sein, dem du Rede und Antwort wirst stehen müssen...

Du hast recht, lieber guter alter Herr! Es ist schön bei dir. Es ist vielleicht, nein, es ist sicher viel schöner da als dort. Aber ich kann es nicht eingestehen. Denn einmal werde ich dennoch zurückkehren müssen ins frühere Leben, und wie sollte ich es dann rechtfertigen können vor dir?

»Weißt du, Großpapa, ich wäre jetzt allein im Atelier. Max bleibt länger im Ausland, als vorgesehen war...«

Ach, so ist das also! Jetzt lächelst du auf einmal nicht mehr, Hofrat. Dafür ziehst du die Augenbrauen hoch und hast plötzlich viele tiefe Falten auf der Stirn, und dein Blick ist der eines verlorenen alten Mannes. Du hast übers Ziel geschossen wie ein junger Hitzkopf. Du glaubtest das Ringen um dieses geliebte junge Herz schon gewonnen. Aber was hast du zu bieten? Heimat! Heimat in der Geborgenheit dieses Hauses, in dieser Landschaft, in den Wäldern mit allen ihren großen und kleinen, offenen und verborgenen, lebendigen und scheinbar unlebendigen Gotteswundern und Schönheiten. Ist das nicht unendlich viel, ist das nicht alles? Und Heimat in deinem zärtlich liebenden Großvaterherzen...

Aber so einfach ist das nicht, Hofrat! Denn du bist alt, und dort steht ein anderer als du, ein Junger. Er hat alles das nicht, was du anzubieten hast, gewiß. Aber er hat das Leben vor sich und dieses Leben zu verschenken, sein junges Leben. Und das Leben, siehst du, das liebe Leben, das ist mehr als alles, was du auf die Waage zu legen wüßtest...

»Also immer noch der abstrakte Bildhauer...« spricht der Großvater halb für sich selbst.

»Ja, wir verstehen einander sehr gut.«

Du solltest deine Augen jetzt nicht so glänzen lassen, Mädchen. Vielleicht schmerzt das den alten Mann...

Er tut einen tiefen Atemzug. War es ein Seufzer? Er streckt sich.

»Ich habe also sozusagen die ehrenvolle Aufgabe, bis auf weiteres Herrn Freiberg zu vertreten.«

Spürst du eine Bitterkeit darin, Elisabeth? Nicht doch. Dazu ist er zu weise, dein alter Herr. Und es blitzt ja auch wieder der Schalk in seinen Augen, so wie fast immer. Jetzt legst du die Hand auf seinen Arm. Das freut ihn. Er nimmt es als Liebkosung.

»Sprich nicht so, Großpapa! Ich bin doch gerne bei dir, das weißt du! Ich fühle mich hier – fast wie zu Hause!«

Zu Hause! Ja, darum geht es nämlich überhaupt! Und das muß jetzt gesagt werden. Er lächelt plötzlich nicht mehr, der Hofrat. Er neigt sich vor, sieht seiner Enkelin in die Augen.

»Ich habe deinem toten Vater versprochen, dir dein ›Zuhause‹ zu erhalten. Dieses Haus, den Hof, den Besitz. Aber wozu das alles, wenn du anderswo verwurzelt bist?«

Er schüttelt den Kopf und blickt ernst vor sich hin. »Du machst es mir nicht leicht, Elisabeth!«

»Elisabeth« hat er schon lang nicht mehr zu ihr gesagt, es ist also Ernst. Sprechen wir von anderen Dingen!

»Darf ich mir etwas wünschen, Großpapa?«

»Ja, freilich, wenn ich es erfüllen kann ...«

»Ich möchte gerne einmal auf die Jagd mitgehen –«

»Da wirst du dich noch eine Zeit gedulden müssen. Jetzt ist Schonzeit.«

»Aber der Kajetan und der Gerold – die gehen doch fast jeden Tag hinaus in den Wald –«

»Gewiß, denn die Hege und Pflege des Wildes macht viel Arbeit, viel mehr Arbeit als das Jagen. Und es ist ja auch viel wichtiger.«

»Auch da würde ich gerne einmal mitgehen!«

»Das kannst du natürlich zu jeder Zeit, mein liebes Kind! Du ahnst gar nicht, wie sehr ich mich freue, wenn ich sehe, daß du an den Dingen unseres Lebens Interesse zeigst. Ich werde Gerold fragen, ob er dich einmal mitnehmen will.«

»Oh, das will er sicher gerne, Großpapa!«

Ist das ganz sicher, Mädchen?

Das Lied, das er singt, hat er nicht selber erfunden, der Auerhahn. Er ist bloß einer von denen, die wiedergeben, was der Wald singt seit Urzeiten. Aber der Wald muß schweigen, wenn es den Elementen nicht gefällt, seine Musik zu wecken. Darum hat er sich ein Wesen erschaffen, das seine Lieder singt mit den Mitteln der Lebendigen, aus eigenem Willen.

Der Große Hahn ist das pochende Herz des großen Waldes. Der Wald hat ihm vorgespielt, und der Hahn hat seine Musik gesammelt in der Tiefe seiner Brust, ein ganzes Jahr lang, Tag und Nacht, Sommer und Winter: brechender Baum und rauschendes Reis, ächzendes Holz und prasselnder Windwurf. Und weil er die Mitte finden will zwischen dem Aufruhr des Sturmes und der atemlosen Stille, so ist sein Lied nur ein Flüstern ...

Der Wald hat ihn belehrt und genährt, er allein, damit der Hahn dem steigenden Licht sein Lob sänge im steigenden Jahr – und seinen Dank. Nur der Takt, in dem der Geheimnisvolle sein Lied vorträgt, ist von ihm selber. –

Inmitten der Nacht schlafen gehen, das kennt Elisabeth schon. Aber aus dem besten Schlaf heraus in den mitternächtigen Wald hinaustreten, das ist etwas Neues. Man muß sich erst zurechtfinden.

Der Wald schweigt. Der Wald atmet. Sie schreiten in die Schwärze hinein. Gerolds kleine Hahnlaterne leuchtet einen engen Kreis aus, wirft abenteuerlich bewegte Schatten. Der Weg ist steinig.

Rauschen kommt auf, schwillt an, wird Brausen. Der Bach ist es, der schmelzwassergeschwellte Bach. Er bleibt neben ihnen.

Ein schmaler Steg führt hinüber, ohne Geländer.

»Vorsicht!« sagt Gerold, dicht neben Elisabeths Ohr. »Geben Sie mir die Hand!«

Sie versteht ihn gerade noch. Allmählich versinkt das Rauschen hinter ihnen. Der Boden wird weich, und der Weg steigt an. Die Nacht ist Schweigen, pochendes Herz und Sterne. Eine Stunde vergeht.

»Wollen Sie rasten?« Elisabeth schüttelt den Kopf.

Hihihi! tut da jemand im Dunkel, hihihi! Sie verhalten. Es ist lustig. Hihihi! Wer den Wald kennt, fürchtet sich so wenig wie einer, dem er völlig fremd ist. Die beängstigende Phantasie steht in der Mitte.

Elisabeth hat keine Angst. »Wer lacht da?«

»Ein Rauhfußkauz!«

Gerold löscht die Laterne, hängt sie an einen Ast.

»Sind wir schon da?«

»Nein, aber von da an müssen wir ohne Licht weitergehen. Der Hahn ist nicht mehr weit, er könnte uns wahrnehmen! Und vorsichtig pirschen!«

Sie schleichen weiter, noch einige hundert Schritte. Dann nimmt der Jäger den Mantel von der Schulter, breitet ihn auf den Boden. Sie sitzen und warten. Elisabeth will etwas sagen, aber Gerold verwehrt ihr das Wort.

Sie schweigen. Der Wald ist Stille und Dunkelheit. Im Grund rauscht Wasser, sehr weit.

Wie kalt es ist! Draußen im offenen Land werden bald die Rosen blühen, und das Getreide steht so hoch, daß die Rehe darin beinahe untertauchen können. Hier aber lasten noch die Schatten des Winters überall ...

Und doch hat dies harte Waldland schon alles bereit für eine andere Glückseligkeit. Wer kennt sie denn, die verschwiegenen Kammern des Bergwaldes, die dem heimlichen Wild zur Tanzstatt dienen?

Solche Kammer muß ein Fenster gegen Osten haben, denn in der Morgenröte findet der Hahn seine bezauberndsten Lieder. Lärchen oder Buchen müssen stehen, auf deren winterkahlem

Geäst der Ritter sich zeigen kann in seiner Pracht vor den Augen der Frauen. Fichten müssen sein, damit er gedeckt sei vor den Augen der Welt. Und nicht zu alt, nicht zu jung darf das Holz sein, nicht zu dicht, nicht zu räumig!

Solche Plätze sind gesucht, und die Summe an Liebe und Glück ist groß, der sie den duftenden Hintergrund gewähren.

Der Himmel hat noch keine Spur von Helle, da erwacht der Hahn aus seinem leichten Schlummer, lang vor Tag. Er schüttelt das Gefieder, so daß jede Feder für sich steht, wird wieder schlank. Eine Zeit sitzt er ohne Regung und lauscht in die Weiten der Bergnacht. Kein störender Laut ist zu hören. Die Luft ist lind, und die Lärche duftet.

Da beginnt der Große Hahn auf seinem Ast langsam hin und her zu schreiten. Kleine Rindenteilchen, die sich dabei lösen, fallen zu Boden in einem flüsternden Regen. Eine seltsame Spannung sitzt ihm tief in der Brust, eine drängende Kraft, der die Kehle zu eng wird und deren man sich nicht anders entledigen kann als durch einen tiefen Seufzer...

Wie ein Blitzschlag durchfährt es die beiden Menschen, die wartenden. Der alte Ritter vom Lärchenbaum hat den ersten Ton dieses Morgens gesungen.

Es war nur wie ein kurzer, schnalzender Doppelschlag auf zwei ungleich gestimmte Stäbchen aus trockenem Holz. Der Hahn wiederholt ihn nach langen Pausen, in denen er immer wieder sichert oder langsam hin und her schreitet, tänzerisch die rauhen Füße hebend und einen vor den anderen auf den Zweig setzend: Töcke, töcke, töcke ...

Allmählich, ganz allmählich werden die Pausen kürzer, von einem Schlag zum anderen, und plötzlich, als könnte er ihn nicht mehr halten, quillt ihm der perlende Schlagtriller aus der Kehle, immer schneller, endet mit einem schlangenartigen Zischen aus weit offenem Schnabel. Dabei reckt der Hahn würgend den Hals. Ein Krampf schüttelt ihn, daß jede Feder an ihm erzittert.

»Hören Sie ihn?« flüstert Gerold.

Elisabeth hat ihre Hand fest in Gerolds Arm verkrampft. Sie weiß es nicht. Sie ist ganz Spannung, sie horcht.

Der Hahn spielt sich ein. Er macht keine Pausen mehr. Er berauscht sich am eigenen Gesang. Eine Besessenheit erfaßt ihn. Er singt einen Satz seiner Symphonie nach dem anderen in nicht abbrechender Folge, und sie hat unzählige.

Da steht Gerold auf, das Mädchen mit ihm. Sie lassen alles zurück, was hinderlich ist: Rucksack und Mantel und Bergstöcke. Bella bleibt dabei und wird wachen.

Die Sterne sind erblindet, bis auf wenige. Der Waldboden ist grau geworden.

»Immer drei Schritte tun, wenn er schleift«, spricht der Jäger. »Bleiben Sie dicht bei mir und tun Sie es mir nach! Es ist ganz einfach«, flüstert er. Elisabeth nickt.

Dann fangen sie an zu springen. Knappen – Hauptschlag – drei Sprünge. Knappen – Hauptschlag – drei Sprünge. So kann es kommen, daß der großmächtige Mensch zu tanzen beginnt, wie das geheimnisvolle einfache Tier der Wildnis pfeift...

Nun verschweigt der Hahn. Hat er etwas vernommen? Er ist vorsichtig. Aber er beruhigt sich sogleich. Knappend schreitet er auf und ab, wirft rauschend das Gefieder auf, wie ein Truthahn, und läßt es wieder zusammenfallen.

Er singt weiter und macht die beiden Menschen springen im Takt des Balzgesanges. Gerold hat Elisabeths Hand gefaßt. So geht es leichter.

Dort sitzt er! Siehst du ihn, Mädchen? Ein Wunder enthüllt sich dir in dieser gesegneten Vorfrühlingsnacht. Vermagst du es zu spüren, du in den Straßenschluchten verkümmerndes Herz? Eine Offenbarung widerfährt dir, Stadtkind, für die nur wenige ausersehen sind: das Geheimnis des Großen Hahns!

Ach, es ist nicht so verkümmert, dies Herz! Es

pocht, es jubelt, es jauchzt, und das Blut durch-
strömt es mit einem tiefen, brausenden Ton.

Sie haben hinter der ragenden Wurzel eines
Windwurfs Deckung genommen. Sie stehen ge-
bückt und steilen die Blicke.

Elisabeth hat vergessen, daß ihre Hand immer
noch in der Geralds ruht. Sie atmen tief. Das
Leben ist schön!

»Bak, bak«, macht eine Auerhenne, nicht weit
von da, »bak, bak, bak!«

Der Himmel ist rot. Die Bergspitzen liegen klar
im harten Frühlicht, purpurn mit blauen Schatten.
Wo der Rauhfußkauz verschwieg, beginnt ein
Rotkehlchen zu singen.

Bak, bak, bak!

Hab Geduld, kleine bunte Henne im Heidelgestrüpp!

Er hat dich vernommen, der Große, der Herr-
liche, den du liebst! Er weiß um deine Sehnsucht.
Er wird deinem Ruf folgen ...

Die Sonne tut den ersten schüchternen Blick
über den Grat im Südosten, verzaubert dem
Hahn das Gefieder zur schillernden Bläue, zu
glänzendem Grün, zur Morgenröte.

Und plötzlich, aus seinem Lied heraus, breitet
er die Schwingen, läßt sich polternd zu Boden fallen, und die Gewalt seiner Flügelschläge macht das
gelbe Gras flattern. Wo ist sie, die Sehnsüchtige?

Er sieht sie nicht. So muß er sie suchen gehen. Balzend läuft er vor sich hin. Die Waldweite, das Geheimnis verschlucken ihn und seine Liebe.

Man kann jetzt nicht gleich sprechen. Man muß tief atmen, einige Male, und das Herz auspochen lassen.

Man kann nur ringsum schauen, auf die Berge, in den Himmel, in die Sonne, auf den Ast, wo der Hahn gerade vorhin noch saß.

Wieviele Verzauberungen wird dieses Waldleben dir eigentlich noch bringen, Elisabeth?

Sie sehen einander an. Elisabeths Miene ist gelöst, die Lippen sind geöffnet vor Staunen, vor Beglückung.

Auch das Antlitz des Mannes scheint verklärt, obwohl er den Großen Hahn doch schon oftmals erlebt hat.

Sie schreiten heimzu. Aber es muß nicht der kürzeste Weg sein, denkt Gerold. Elisabeth weiß davon nichts, aber es wird ihr recht sein am Ende.

Diese geheimnisvolle verschwiegene Waldwelt am Rande des Lebens, die immer nur mürrisch und freudlos tut, ist eine stille, eine abgründige Welt! Sie versteht es sehr wohl, sich aus dem winterlichen Bann des Grenzdaseins zu lösen ab und zu, für einen Tag. Der ist dann plötzlich erfüllt von süßen Düften und milden Klängen, die einer reicheren und glücklicheren Welt entliehen scheinen.

An einem solchen Tag kann es sein, daß die hier Lebenden mit einem tiefen, beseligenden Atemzug dessen inne werden, was Frühling heißt.

Die Sonne steigt und weckt einen Chor von hundert verschiedenen Stimmen in den Wäldern. Der Große Hahn hat ausgesungen, aber die Halshähne pfeifen im Dickicht, huschen hin und her, balzen und flattern. Die Goldhähnchen sind erwacht, und ihr Gezirp ist zart und durchsichtig wie feingesponnenes Glas. Die Baumläufer trillern, und die Misteldrosseln, auf den höchsten Spitzen der Fichten, trinken Morgensonne und singen zum Dank, daß es weithin durch alle Waldräume hallt.

So viele frohe Vogellieder weckt dieser Morgen, daß der ernste Höhenwald, der sonst das ganze Jahr über nichts ist als Schweigen und Düsternis, sich selber fragen muß, woher sie alle auf einmal kommen...

Mitten durch die frühlingshafte Verklärung schreiten die beiden Menschen und schweigen. Elisabeth muß immer nur schauen, wenn Gerold ihr etwas zeigt: den großen bunten Specht dort, der auf dem Dürrling seine sonoren Trommelwirbel schlägt; das flinke, schlanke braune Tier, das dort – dort! – ins Dunkel der hängenden

Äste taucht. Einmal noch verhält und sichert es, wendet den Kopf und zeigt eine goldgelbe Brust: ein Edelmarder!

Sollen wir zum Dachsbau gehen? Ich weiß nicht ob die Dachse zu sehen sein werden um diese Stunde. Aber vielleicht hat auch sie dieser Morgen des Festes ins Freie gelockt. Und es mag sein, daß wir Glück haben.

Ja, es mag sein, daß wir Glück haben, Elisabeth, du und ich, an diesem Morgen und überhaupt. Warum sollten wir nicht Glück haben, wir beide, nicht wahr?

Sie haben Glück. Denn wie sie am Dachsbau stehen, kommen die Dachse gerade heraus. Einer zuerst. Er steht im dunklen Tor und streckt die schwarzweiße Nase ins Licht. Die Luft ist rein! Dann wackelt er ins Freie. Da ist auch schon der zweite da, kindlich, springlebendig, übermütig, läuft dem ersten nach und rempelt ihn an, von der einen Seite erst, dann von der anderen. Er ist spielerisch aufgelegt, umtanzt den Gefährten mit drolligen Gebärden, tappt ihm mit den schwarzen Branten auf den Rücken, ins Gesicht, auf die Nase.

Der andere aber ist mürrisch. Er will Ruhe haben. Und da der Freund nicht von ihm abläßt, kehrt er um, fährt polternd in den Bau, zur Freude der Flöhe, die zu Hunderten im finsteren Kessel sitzen und warten, bis der Hausherr zurückkehrt . . .

Sie gehen. Nein, sie schreiten. Und sie sehen einander an von Zeit zu Zeit. Der Wald endet, und eine Wiese dehnt sich vor ihnen, randvoll mit blühenden Narzissen.

Da stehst du, Elisabeth, mit offenem Mund und staunst, nicht wahr? So etwas hast du noch nicht gesehen!

Ist denn so etwas möglich? Gibt es denn das?

Eine wallende Wolke süßen, schweren Duftes erfüllt das Tal, umnebelt die Sinne.

Wie ein Kind läufst du voraus, Mädchen, Jubel im Herzen, greifst dir, wo sie am dichtesten stehen, eine Blüte, und noch eine, noch zwei. Da kommt Gerold nach.

Du wendest ihm das glühende Antlitz zu, das freudestrahlende.

»Herrlich ist es hier!«

Wann eigentlich bist du zum letztenmal so glücklich gewesen, Elisabeth? Warst du es überhaupt schon einmal? Ach, du wüßtest es nicht zu sagen. Es gehört alles dazu: die Losgelöstheit, die Einsamkeit, das nächtliche Abenteuer mit dem geheimnisvollen schwarzen Vogel dort oben, der jauchzende Wald, die Blütenwiese – und Gerold?

126

Vielleicht sogar Gerold! Warum soll er ausgeschlossen sein? Meinen Kuß der ganzen Welt!

Er steht neben ihr und schweigt. Er freut sich an ihrer kindlichen Freude.

»Manchmal beginne ich an meinem Leben in der Stadt zu zweifeln...« spricht Elisabeth.

Ja, das kann er verstehen, der Gerold. Wer sollte es verstehen, wenn nicht er? Er nickt nur.

Da kommt ein neuer Laut auf, von fern her, ein fremder, ein störender. Was ist es? Ach, nur ein Hund!

Nur ein Hund? Ja, aber ein jagender Hund, ein wildernder. Und es ist die Stimme, die Gerold kennt. Er hat sie schon oft gehört, obwohl er den Urheber noch nie zu Gesicht bekommen hat.

Er strafft sich, und seine Hand greift nach dem Gewehr. Eigentlich müßte er jetzt alles lassen und rennen, dem vierbeinigen Wilderer den Weg und mit einem wohlgezielten Schuß das Leben abzuschneiden...

Aber soll er die Verzauberung dieser Stunde stören? Er verstößt gegen seine beschworene Jägerpflicht, wenn er untätig bleibt, das ist sicher, und zwei widerstrebende Gewalten ringen in ihm. Indes – dem Mädchen zuliebe will er an sich halten. Er wird ihn schon ein andermal kriegen, den Wilderer.

»Was ist denn das?« fragt Elisabeth.

»Wieder dieser jagende Köter! Fünf Rehe hat er mir schon umgebracht!«

»Ist das möglich?«

»Ach, ein wildernder Hund ist wie ein Teufel, der das Revier zur Hölle macht!«

Das Revier, das du soeben durchschrittest, Elisabeth, das Revier mit seinen tausend Wundern, mit den singenden Vögeln und den spielenden Dachsen, den Rehen auf der Lichtung ... Und einfach und klar, aus einer starken inneren Abwehr heraus sagst du das Richtige:

»Dann muß man ihn erschießen!«

Gerold lacht ein wenig vor sich hin. »Ja, wenn man ihn erwischt!«

Sie schreiten bergab. Der frühlingshaft jauchzende Wald geleitet sie. Der Bach kommt mit dem schmalen Steg.

»Reichen Sie mir die Hand, Fräulein Leonhard!« sagt Gerold und streckt den Arm aus.

»Sagen Sie doch einfach Liesl zu mir!« Sie hat ihn sehr lieb angesehen dabei. Gerold sieht plötzlich weg, als erregte etwas seine Aufmerksamkeit, anderswo ...

»Gut, Fräulein Liesl«, sagt er dann, sonst nichts.

An diesem Morgen sind zwei andere auch unterwegs, etwas später.

Die Almen werden grün allmählich. Die Schneefelder weichen gegen die Höhen und Schattenseiten. Bald wird man daran denken können, das Vieh aufzutreiben. Das aber bedarf vielfacher Vorbereitung.

Und gestern hat der Oberkogler zu seiner Tochter Veronika gemeint, es wäre an der Zeit, einmal nachzusehen, ob die Hütte in Ordnung sei, oben auf der Hochweide, ob der Wintersturm nicht etwa das Hüttendach weggerissen, und ob die Fenster alle ganz geblieben. Und schließlich müßte in allem nach dem Rechten gesehen, für Sauberkeit und Vollständigkeit des Hüttenrates gesorgt werden.

So ist sie denn hinaufgegangen an diesem prachtvollen Morgen, die Veronika, und der Bergfrühling macht auch ihr das Herz singen.

Sie erreicht die Hütte und findet alles in Ordnung. Sie öffnet Fenster und Türen, sie wäscht das Almgeschirr und kehrt den Schmutz ins Freie. Und zwischendurch muß sie immer wieder einen Blick tun nach den Gipfeln, nach dem strahlenden Himmel, auf die Almen, wo die Schneewässer in der Sonne glitzern.

Da kommt jemand! Wer mag das sein? Ach, der Bertl, der Erblehner!

Freust du dich, Veronika? Sei ehrlich! Gewiß, es freut dich, daß der junge Förster des Weges kommt, gerade jetzt. Aber es ist dir doch ein kleiner Schrecken durchs Herz gefahren, nicht wahr? Und jetzt stehst du noch, die Hand an der Brust, und hast eine Betroffenheit zu überwinden. Gut, daß er es nicht sehen kann!

Wie er den Kopf bei der Hüttentür hereinsteckt, hast du dich wieder und lachst, daß dem Bertl das Herz übergeht.

»Grüß dich, Vroni!«

»Grüß dich, Bertl! Was machst denn du da heroben?«

Er setzt sich auf die Bank vor dem Haus, wirft den Hut hin, sieht in die Weite.

»Ach, hab' im Hansbauernschlag zu tun gehabt, dort drüben...!«

In Wahrheit hat er gar nichts im Hansbauernschlag zu tun gehabt, der Bertl, und die Veronika glaubt das zu wissen. Ganz sicher freilich weiß sie es nicht, und darum schweigt sie vorerst. Sie wird es später schon herauskriegen.

Vroni ist fertig, schließt die Fenster und sperrt die Hüttentür zu.

»So«, sagt sie, »ich geh' jetzt heim. Gehst mit oder hast noch was zu tun da heroben?«

Der Bertl steht auf und schaut sie an, ganz komisch.

»Ja«, sagt er, »ich hab' noch was zu tun heroben. Ich geh' mit!«

Der Spruch ist orakelhaft.

Sie gehen und sind guter Dinge. Sie reden dummes Zeug und lachen wie die Kinder.

»Schau den Enzian!« ruft das Mädchen und kniet nieder inmitten des blauen Bergsegens, pflückt eine Blüte.

Da ist der Bertl neben ihr. Will er ihr beim Pflücken helfen?

Nein, er will etwas ganz anderes. Er faßt sie um die Hüfte und um den Hals und küßt sie mitten in ihr erstauntes Gesicht, so daß sie kein Wort herausbringt eine ganze Weile. Dann aber ringt sie sich los und kann endlich aufstehen. Sie wischt sich über den Mund.

»So laß mich doch endlich los!«

Lachend steht er vor ihr, die Hände in den Hosentaschen. Fesch ist er schon, der Bertl. Und ein Frechdachs, so ein Frechdachs! Die Veronika muß erst einmal Luft schnappen.

»Mein Lieber, du gehst es aber scharf an«, sagt sie dann.

Er kommt ganz nahe an sie heran, sieht ihr in die hellen Augen, die bös schauen wollen und doch lachen müssen...

»Warum nicht, du g'fallst mir!«

Sie dreht sich weg, tut einen Schritt.

»Und ob *du* mir g'fallst, das fragst erst gar nicht. So einfach ist das nicht!«

Da ist er ihr nachgekommen, will sie anfassen –

»Aber geh –!« sagt er.

Veronika schlägt ihm die Hand weg und streicht sich das Kleid gerade.

»Tu deine Hand weg! Bild dir nur nicht zu viel ein! Du kannst dir noch lange nicht alles erlauben!«

Sie sind auf dem Weg, gehen eine Weile schweigend nebeneinander. Die Vroni ist noch immer sehr bös, wie es scheint. Dabei hat sie Mühe, ein ernstes Gesicht zu machen. Ach, sie ist halt so, sie kann nichts dafür!

»Aber Vroni«, begütigt er, »ich hab' dir doch nichts getan!«

Doch Bertl, du hast sie so fest gepackt, daß es ihr jetzt noch weh tut!

Natürlich tut ihr in Wirklichkeit gar nichts weh. Dennoch greift sie sich an den Oberarm und reibt ihn, wie um einen Schmerz zu beschwichtigen.

»Ich kenn' dich schon!« mault sie. »Du steigst einer jeden nach. Sogar beim Fräulein Leonhard hast es probiert. Da bist aber fein abgeblitzt!« Jetzt kann sie endlich lachen, die Veronika. Sie freut sich diebisch, und der Bertl ärgert sich. Aber er wird ihr's zurückgeben!

»Jetzt sag nur, daß du kein Aug' auf die Männer

hast! Man braucht dich bloß anzuschauen, wenn der Gerold ins Wirtshaus kommt.«

Das ist aber eine Frechheit vom Bertl! Nein, unerhört ist das!

»So«, fährt sie auf, »spionierst mir vielleicht nach? Schäm dich!«

Er lacht breit und lustig vor sich hin, bohrt die Hände in die Taschen seiner Lederhose.

»Das merkt doch ein jedes Kind, daß du den Gerold gern siehst. Aber der ist schließlich auch nichts Besseres als ich!«

Ach so, denkt die Vroni, was der Bertl sich nicht alles einbildet! Der Gerold nichts Besseres als er! Das ist ja zum Lachen.

»Der?« antwortet sie, und jetzt will sie dem Bertl eins auswischen, daß ihm Hören und Sehen vergeht. »Der Gerold und du? Da ist wohl ein himmelweiter Unterschied, mein Lieber! Und wenn ich ihn gern seh', so geht dich das gar nichts an. An *dem* ist wenigstens was! Der steigt nicht jeder Schürzen nach, so wie du!«

Das langt dir, Bertl, für heute. So sehr, daß du jetzt etwas tust, das du besser bleibenlassen solltest. Aber das weiß man in solchen Augenblicken meist nicht.

»Wenn du meinst –! Dann wünsch' ich dir viel Glück!« Damit dreht er sich um und geht langsam den Weg zurück, ohne sich um Veronika zu kümmern. Das kann er doch nicht! Das darf er nicht! Das ist gegen alle Ritterlichkeit! Sie ist zwar auch ganz allein heraufgegangen, die Veronika, aber jetzt will sie nicht mehr allein hinuntergehen, nein, das will sie nicht.

»Bertl!« ruft sie.

Der bleibt stehen und dreht sich um.

»Du bist mir ein feiner Herr! Jetzt willst mich da heroben allein stehenlassen!«

Da lacht er wieder, der Bertl. Er kehrt um, und sie gehen miteinander weiter, den Almweg, der in der Sonne liegt, inmitten der Enzianwiesen.

Der Waldschatten nimmt sie auf. Der morgendliche Vogelchor ist verstummt. Es geht gegen Mittag. Nur ein Wildtauber ruft noch, von weit her, verliebt und unermüdlich. –

Zauberhaft ist dieser Aufbruch vor Tage. Die Sterne blicken auf dich, und du spürst, daß sie deine Brüder sind. Der duftende Wind ist geheimnisvoll, weil du nicht sehen kannst, woher er kommt und wohin er geht. Der ganze Tag liegt vor dir, noch verborgen hinter den Wäldern und dennoch gewiß, mit allem Reichtum, mit all seinem Glück. Und das Leben tut einen tiefen Atemzug in deiner Brust.

Noch zauberhafter freilich wäre dieser Weg durch den dunklen Frühlingswald, wenn du ihn neben Gerold tun könntest, nicht wahr, Elisabeth?

134

So zauberhaft wie damals, als du ihm folgtest, um den Auerhahn zu hören. Ja, aber der Gerold hat anderwärts zu tun diesmal, und du mußt mit dem Kajetan gehen, dem lieben guten alten Kajetan, der aufmerksam und hilfsbereit, der treu und rein ist wie Gold. Aber doch kein Gerold!

»Um drei Uhr müssen wir im Schirm sitzen«, meint der Kajetan. Und jetzt ist es ein Uhr nachts. Da steht ein weiter Weg bevor und ein mühsamer, der aus der aperen Geborgenheit des Waldes hinaufführt in die buckligen Weiten der Hochalpe. So hoch oben balzt der Kleine Hahn!

Über dem Zirbenwald stuft ein kleines steiles Kar hoch. Dunkelgrüne Inseln von Krummkiefern entwachsen ihm. Dazwischen machen noch Schneefelder sich breit, fest verankert in den Mulden, in den Klüften.

Die Nacht ist still. Ab und zu nur zischt der Wind in den Krummkiefern. Der Schnee leuchtet. Im Osten kantet der Schattenriß eines Berges in den Himmel.

Da kommt ein kurzes starkes Flügelrauschen von dem Schneefeld. Es scheint, als wäre dort ein großer Vogel eingefallen. Man sieht ihn nicht.

Hinter den Bergen sickert fahle Röte hoch. Es wird kälter. Da erwacht seltsame Musik in der tiefen Dämmerung. Es ist wie das kurze Blasen eines undichten Ventils, Schleifen und Räuspern zugleich; ein Urton, Sauriererbe, Zischlaut aus der Zeit, da Vögel und Schlangen noch nicht unterschieden waren: Tschuhujiii!

Das langsam steigende Licht zeigt einen dunklen Fleck im Weiß. Von dort kommt der Ruf. Er wiederholt sich. Zugleich springt das Dunkle hoch, mit schlagenden Schwingen, landet wieder und steht und macht den Hals lang.

So treibt er es eine Zeit, der Birkhahn. Dann geht er weiter im Programm. Er winkelt den gefächerten Leierschwanz hoch, daß die weißen Unterfedern leuchten. Er läßt die Flügel hängen und streckt den Kopf an den Boden. Und er beginnt zu kollern. Mit kleinen tänzerischen Schritten trippelt er, dreht sich dabei um sich selbst. Wonneschauer überwallen ihn, die immer wieder von neuem alle seine Federn erzittern machen. Tschuhujiii!

Im Westen, weit, beginnen Hochgipfel zu leuchten, entzünden sich, einer nach dem anderen, verlieren ihre blasse Bläue und werden rot. Da kommt ein anderer Laut auf in der eisigen Morgenfrühe. Von unten her kommt er, aus der Tiefe des Kars: Pök – pök – pök – pök –. Aus dem Dunkel des aperen Moorbodens löst sich die Gestalt einer kleinen grauen Henne. Sie betritt den weißen Tanzboden, läuft mit eiligen Beinchen bergan, dem balzenden Ritter zu, der sie rief.

Mit feurigen Liedern umtanzt er sie, umrundet sie rodelnd und gurgelnd, und das ist ein verhaltener und doch in alle Weiten dringender Gesang, immer wechselnd, steigend und fallend, aussetzend und nach kurzen Pausen wieder beginnend.

Er bleibt aber nicht allein. Denn plötzlich, in schneidendem Gleitflug, landet ein anderer Hahn neben ihm, und ein zweiter und ein dritter. Getrost! Es sind ja auch noch viele andere Hennen da.

Da tanzen sie nun, alle gemeinsam, die Hahnen, zeigen ihre schönsten Federn, drehen und wenden sich, damit der blaue Stahlglanz aufleuchte, den sie auf den Brüsten tragen.

Sie singen und tanzen, sie rennen, und sie jagen einander, sie kämpfen und schlagen sich mit harten Flügeln und hackenden Schnäbeln, daß die Federn fliegen.

Da fällt ein Schuß.

Wie ein Sturmstoß in dürres Herbstlaub, so fährt der Knall unter die arglos Tanzenden, hebt sie vom Boden auf, wirbelt sie hoch, und mit knatternden Schwingenschlägen sind sie dahin, in alle Weiten der Berge.

Stille ist auf einmal, Stille und Einsamkeit. Leer liegt das Schneefeld. Ein Hauch der Ernüchterung durchzieht das Kar. Die aufgehende Sonne tastet mit dem ersten Strahl in den blassen Morgenhimmel.

Aus dem Schirm, der aus dichten Reisigwänden gebaut ist, kommen sie heraus, Kajetan und Elisabeth! Das Mädchen ist voll Eifer. Zum erstenmal hat es erlebt, wie das heiße Blei ins Leben fuhr ... Es war beängstigend und faszinierend zugleich. Elisabeth kann sich nicht halten. Sie läuft.

Sie hebt den Hahn auf, der da im Heidelgestrüpp liegt.

»Ich hab' ihn, Kajetan, ich hab' ihn!« ruft sie mit glühendem Gesicht. Der Hahn glänzt und schillert von allen Seiten. Elisabeth freut sich wie ein kleines Kind, das nach einem ersehnten Spielzeug greifen darf.

Der Alte ist langsam herangekommen, nimmt Elisabeth den erlegten Hahn aus den Händen, wägt ihn in der Hand.

»Er ist wunderschön!« sagt das Mädchen.

»Wenn du willst, so schenk' ich ihn dir«, meint der Kajetan.

»Kannst dir ihn ausstopfen lassen, zum Andenken an den heutigen Tag.«

»Gern, Kajetan, ich danke dir!«

Es bleibt nur noch, dem erlegten Wild zu opfern und damit der Gottheit, die es gab. Kajetan tut es. Er bricht einen kleinen Fichtenzweig ab, steckt ihn dem Hahn in den Schnabel, als letzten

Bissen. Andächtig hat Elisabeth zugesehen. Was diese Jäger doch für seltsame und geheimnisvolle Bräuche haben!

»Na«, meint der Kajetan, »willst du mir nicht den Bruch überreichen?«

»Ja, gerne – der Gerold hat mir schon erklärt, wie man das macht... Hoffentlich kann ich es!«

Sie bricht einen Fichtenzweig und legt ihn dem Kajetan auf den Hut, den er darreicht. »Waidmannsheil!« spricht sie dazu.

»Waidmannsdank!« sagt der Alte und steckt den Bruch hinters Hutband.

Plötzlich greift Elisabeth erschrocken nach Kajetans Arm. Ein großer, ein riesenhafter Vogel ist über sie hinweggestrichen, schwebt aus, wiegt sich im Sonnenglast der Höhe, steigt in Spiralen hoch, kreist einige Male, verschwindet im Geklüft der Wände, die im Schatten liegen, jenseits des Tales.

Kajetan sieht ihm nach aus enggestellten Lidern.

»Unser Adler«, sagt er gelassen. »Der hat seinen Horst dort in den Wänden, so wie jedes Jahr.«

Elisabeth blickt immer noch angestrengt hinüber, die Hand schirmend über die Augen gelegt, aber sie sieht den königlichen Vogel nicht mehr.

»Dort möcht' ich hin, Kajetan! Nimmst du mich einmal mit?«

»Ah«, der Kajetan schüttelt den Kopf und hat die Stirn voll Falten. »Das ist zu gefährlich für dich!«

Max Freiberger ist länger in Paris geblieben als vorgesehen war. Aber es hat sich gelohnt. Vor allem: Man hat ihm dort die Anerkennung gezollt, die ihm in der Heimat nur im geringen Maße und zögernd gewährt wird. Er hat seine Ausstellung verlängern und einen Vortrag in einem Künstlerklub halten müssen. Die Presse war gut und hat sogar sein Bild gebracht.

Er ist zufrieden. Voll neuer Anregungen kehrt er heim und ist erstaunt und enttäuscht, Elisabeth nicht anzutreffen. Er glaubt sie längst zurück und in zielbewußte Arbeit vertieft.

Sein Telegramm an Elisabeth hat Karin eigenmächtig geöffnet, und sie allein ist zur Bahn gekommen, um ihn abzuholen.

Sie ist ausgeruht, ausgefaulenzt, besser gesagt, und netter als je. Sie hat es sich gutgehen lassen in diesen Wochen, wo niemand sie zur Arbeit angetrieben hat. Und sie fühlt sich wohl in dem halbverwaisten Atelier. Sie ist allein mit Max. Das paßt ihr. Sie sieht gut aus. Sie hat sich eine neue Frisur zugelegt. Hat er es bemerkt? Er tut nichts dergleichen.

Er ist verärgert, weil Liesl noch nicht da ist. Aber das gibt sich schon. Karin stelzt durchs

Atelier, dahin, dorthin, mit wiegenden Hüften. Sie arbeitet nichts. Oder doch? Max kümmert sich wenig um sie, viel zu wenig. Er hat den Kopf voller Ideen und Pläne.

Er schreibt einen langen Brief an Elisabeth, aber er zerreißt ihn wieder. Wozu schreiben? Sie weiß, daß er zurückgekehrt ist. Sie muß jeden Tag kommen, jede Stunde!

Er beginnt zu arbeiten, einen Tag, eine Nacht und noch einen Tag. Dann schläft er ein, im Arbeitsanzug, am hellen Tag.

Und steht wieder und modelliert. Er fängt zehn Sachen an und macht nichts fertig. Seine Laune wird schlechter von einem Tag zum anderen. Wo nur Liesl bleibt?

Karin bemüht sich um ihn, umtanzt ihn, steht hinter ihm und neben ihm, bewundert seine Arbeit, reicht ihm Werkzeug, Wasser und Ton und alles, was er braucht. Sie holt ihm Zigaretten von unten und kocht ihm Kaffee. Er sagt nicht einmal danke schön.

Er schweigt und verbeißt sich in seine Arbeit. Ja, es scheint, als wäre Karin ihm lästig mit ihrer Beflissenheit.

Schließlich wirft er die Spachtel hin.

»Teufel noch mal! Heute wird das nichts!«

War es denn gestern etwas oder vorgestern? denkt Karin. Aber sie schweigt. Sie geht und hebt die Spachtel auf. Dann stellt sie sich vor Max hin, die Hand in der Hüfte.

»Wie wär's, wenn du einmal zur Abwechslung mich modellieren würdest?«

Max sieht sie schief und verdrießlich an, von unten her.

Hübsch ist sie ja, die grünäugige Katze, die Feuerhexe. Aber nur nicht den kleinen Finger reichen! Er wendet sich ab.

»Du bist mir zu konkret!« sagt er breit. Das genügt für den Augenblick.

Sie verzieht den Mund, geht beleidigt an Elisabeths Arbeitsplatz, setzt sich mit Nachdruck und beginnt eine flache Schale zu drehen.

»Du tust ja, als ob die Liesl überhaupt nicht mehr zurückkäme.«

»Wer weiß, ob sie kommt!« sagt Karin spitz, und sie weiß, daß sie ihn trifft. »Und wenn – dann werde ich den Platz schon wieder räumen. Einstweilen scheint es ihr in Hochmoos besser zu gefallen als bei uns!«

Er wirft die Zigarette weg, sie schmeckt ihm nicht mehr.

»Idiotisch! In diesem gottverlassenen Nest!«

»Mein Gott! Eine Künstlerin holt sich überall ihre Impressionen.«

»Wahrscheinlich bei ihrem Großpapa, einem eigensinnigen alten Herrn von siebzig Jahren!«

Karin lächelte boshaft. Was sie jetzt sagen wird, pfeift wie ein geschliffener Degen.

»Es wird schon noch Jüngere dort geben!«

Verdammt, ja! Das ist es, was er sich auch schon gedacht hat. Hat er es gedacht? Er hat es sich nicht eingestehen wollen. Aber soll er der Katze recht geben?

»Quatsch!« Er beginnt wieder zu arbeiten.

Karin ist gut aufgelegt. Sie dreht die Töpferscheibe nur zum Vergnügen, wie es scheint. Sie sieht auf Max und wiegt den schmalen Kopf und lacht, lacht ihn aus. Er wird nicht lang bei der Arbeit bleiben. Sie weiß es. Und sie freut sich noch mehr.

Da haben wir's! Jetzt hat er alles hingehaut.

»Ich muß wieder ein paar Tage fort von hier!« rüpelt er.

Warum sagt er das so laut? Doch gar kein Grund ...

Sie lauert, die rothaarige Katze:

»Nach Paris?« flötet sie.

»Natürlich! Wohin denn sonst?«

Damit geht er die Treppe hinauf. Sie muß ihm noch einen kleinen Giftpfeil nachschnellen.

»Dann gebe ich dir einen guten Rat: Vergiß die Bergschuhe nicht!«

Bei Elisabeth sind die Dinge ebensoweit gedie-

144

hen. Die Zeit ist um, so köstlich sie war. Aber Max ist wieder zurück. Er wartet. Und die Arbeit wartet. Sie muß fahren, endlich. Sie hat es ohnehin aufgeschoben von einer Woche zur anderen, von einem Tag zum anderen. Max wird sicher schon böse sein...

Und wie sie in den Garten kommt, wo der Großvater am Frühstückstisch behaglich die Zeitung liest, da hat sie das Reisekleid an.

Er versteht nicht, im ersten Aufblicken, was das zu bedeuten hat. Aber sein freundliches Lächeln vergeht ihm und weicht einer Bestürzung.

»Es muß leider sein, Großpapa! Es war so schön bei dir. Ich werde die Tage nie vergessen.«

Der Alte ist ein wenig ratlos.

»Ja – aber...«

Da gibt's kein Aber, Hofrat, du mußt das verstehen!

Max ist zurück. Und arbeiten muß sie ja auch wieder... Als ob sich nicht nützliche, frauliche Arbeit in Hülle und Fülle für sie gefunden hätte hier, im Haus, auf dem Hof, auf dem Gut... War es ein Fehler, sie ohne Aufgabe zu lassen? Es hätte sie binden können, vielleicht... Jetzt ist es zu spät dazu.

Mach kein trauriges Gesicht, Hofrat, es hilft nicht!

»Ich würde sehr gerne noch bleiben, Großpapa,

das darfst du mir glauben. Aber ich habe Max nun einmal versprochen zurückzukehren, sobald er wieder da ist...«

»Ja, ja, das verstehe ich schon. Schade!«

Wer kommt? Ach, der Gerold. Guten Morgen!

Er setzt sich an den Tisch, da der Hofrat auf den Sessel wies.

»Wie geht's, Fräulein Elisabeth?« fragt er, nur um etwas zu sagen. Er freut sich, sie wiederzusehen. Seit der Auerhahnbalz ist sie nicht mehr mit ihm im Wald gewesen.

»Was sagen Sie, Gerold, Liesl will uns verlassen?«

»So plötzlich? Ich wollte Sie gerade einladen, morgen früh mit mir zum Adlerhorst zu gehen...«

»Zu den Adlern?«

Das ist etwas Neues, Elisabeth, und etwas Seltenes. So etwas gibt es nicht alle Tage für dich.

»Wirklich? Sie wollten mich doch nicht mitnehmen ...«

»Ich dachte, es sei zu anstrengend für Sie und zu gefährlich. Aber der Kajetan meint ...«

»Werde ich die jungen Adler auch wirklich sehen?«

»Natürlich!«

»Das ist ein zu verlockender Vorschlag! Gut, ich bleibe noch!«

Jetzt hast du dein Lachen wieder, alter Herr! Jetzt hast du wieder einmal gesiegt, noch einmal gesiegt. Und es ist schön zu wissen, daß eine Verlockung deiner Welt stark genug ist, um die Lockungen jener anderen dort jenseits der Berge aus dem Feld zu schlagen.

»Bravo!« sagst du. »Gegen einen richtigen Adler kommt eben nicht einmal ein abstrakter Künstler auf!« –

Sei beruhigt, Elisabeth, du wirst noch viel mehr sehen als die jungen Adler! Vielleicht mehr, als dir lieb ist. Nimm dein Herz in die Hand, Elisabeth!

Sie sind auf dem Almboden, dem blütendurchwirkten. Der Tag ist heiß. Es ist selten, daß um diese Tageszeit ein Fuchs unterwegs ist, noch dazu auf einer freien, deckungslosen Fläche. Dennoch läuft da einer. Er ist schlank und schäbig, so wie die Füchsinnen alle, wenn sie Junge im Bau haben, die nach Fraß gieren von früh bis spät und nie genug kriegen, wieviel auch die Mutter herbeischleppte. Es ist eine schwere Zeit für die Füchsin. Sie muß unterwegs sein, und die Nacht und die Dämmerung werden ihr zu kurz für ihre Raubzüge. Man muß den hellen sonnigen Tag auch noch benutzen, um den kleinen Vielfressern die Mäuler zu stopfen, ach ja!

Was nun geschieht, ist schneller, als man denken kann. Ein dumpfes Brausen ist es zuerst, wie wenn ein jäher Windstoß in ferne Wipfel fährt. Glitt nicht ein Schatten vor der Sonne vorbei – den Bruchteil eines Augenblicks lang?

Dann sehen sie, was es war: ein riesenhafter dunkelbrauner Vogel ist aus der Höhe herabgeschossen, gerade auf die Füchsin zu. Die wirft sich zur Seite, taumelnd vor Schreck und vom Luftdruck, und der Stoß geht fehl.

Sie ist nicht wehrlos, die Fähe. Sie dreht den Spieß um. Sie nimmt einen kurzen Schwung, und wie ein stechendes Schwert fährt ihr spitziger Fang gegen den gefiederten Feind. Der aber erhebt sich gerade wieder mit einem schweren Flügelschlag, und der Fuchs erhascht nur einige Federn von der Brust des Adlers.

Und jetzt nichts als fort, um alles in der Welt fort! Mit aller schnellenden Kraft, die in ihr ist, rennt sie auf jenes Gestrüpp zu, das nur wenige Schritte weit ist und Rettung bedeutet.

Da ist der Gewaltige wieder über ihr, schleudert sie zur Seite mit einem Flügelhieb, der sie umwirft und über den Grashang kollern macht. Was hilft es, daß sie um sich beißt wie toll! Ihre weißen Zähne fassen nur Luft.

Ehe die Fähe sich aufraffen kann, hat der Adler zugepackt, steht auf ihr, rudert heftig mit den Schwingen, um das Gleichgewicht zu erhalten. Das ist aber nicht so einfach. Sie ist stark, die Fähe, trotz ihrer Schmalheit. Sie schnellt und sie krümmt sich, so daß der Adler den Halt verliert, und ineinander verkrampft rollen sie über den Hang, kommen in einer seichten Mulde zum Stehen.

Wie ein Wurm windet sich der Fuchs, stumm, um diesen furchtbaren Händen zu entkommen. Aber da hilft wohl nichts mehr. Einer der mächtigen Fänge hat tief in die Brust des Fuchses gegriffen. Der andere aber umschließt eisern den Kopf und den Unterkiefer, so daß der Fuchs nicht mehr beißen kann, und eine der messerscharfen Krallen hat sich tief in das Auge gesenkt. Geblendet ist das Opfer und wehrlos.

Die zwei Menschen sind jäh stehengeblieben, als das Unerwartete vor ihnen abzurollen begann. Unwillkürlich hat Elisabeth Gerolds Arm gefaßt, mit beiden Händen. So bleiben sie und schauen, ohne ein Wort, und die Herzen klopfen.

Nun scheint der Adler die beiden Menschen bemerkt zu haben. Er will sich aufschwingen, um das Weite zu gewinnen, und rudert heftig. Aber es gelingt ihm nicht. Es ist noch zuviel Leben in der Beute. Immer wieder beginnt der Fuchs sich zu winden und mit den Läufen zu schlagen, zuckend seinen Körper zusammenzuziehen und zu strecken, so daß der Adler Mühe hat, obenauf zu bleiben. Schwankend und auf Stoß und Schwingen sich stützend, behauptet er sich. Immer noch umschließen die Fänge eisern den Fuchs, der lange Zeit regungslos verharrt, dann wieder in verzweifeltes Zucken verfällt und mit der Rute schlägt. Dunkles Blut rinnt aus vielen Wunden und färbt das Gras. Nun streckt er die Läufe steif von sich.

Jetzt ist es aus, gottlob! denkt Elisabeth. Aber dann kommt das Furchtbare.

Der Fuchs schreit. Es ist ein dumpfer Laut aus der tödlich verwundeten, zusammengepreßten Brust, aus einem Mund, der verschlossen ist durch die Klaue des Todes. Es ist nicht laut, aber gequält und quälend und unendlich jammervoll ...

Der Fuchs schreit.

Der Adler lockert nicht den Griff um den Kopf. Aber er löst die Krallen, die er in die Brust geschlagen hat, und schlägt sie daneben ein, ballt den Greiffuß zur Faust, läßt los und schlägt noch einmal und wieder. Aus zwanzig neuen Wunden fließt Blut.

Elisabeth und Gerold stehen, jeglicher Regung unfähig, und starren auf das Furchtbare, dumpfen Druck in den Köpfen, kalten Schweiß auf den Stirnen. Ihre Herzen hämmern.

Plötzlich ringt sich Elisabeth zur Sprache durch. Sie schreit es, obwohl das gar nicht notwendig ist:

»Schießen Sie doch, so schießen Sie doch!«

Warum soll er denn schießen? Und worauf? Auf den Adler, damit er den Fuchs läßt, der ohnehin schon mehr tot ist als lebendig, oder den Fuchs durch den Kopf, damit es endlich aus sei? Es wäre nicht möglich, ohne den Adler zu verletzen...

Da legt er den Arm um die Schulter des Mädchens, nimmt es mit fort, wendet und geht langsam weg von dem Schauplatz des blutigen Kampfes, weg –

Sie tun hundert Schritte. Sie sehen und hören nichts mehr von dem Adler und seiner Beute. Da flüstert das Mädchen:

»Warum haben Sie nicht geschossen?«

Er antwortet nicht sogleich.

»Der Mensch soll sich nicht in Dinge mengen, die ihn nichts angehen! Was sich dort vollzieht, geschieht tausendmal an jedem Tag und hundertmal in diesem Augenblick.«

Plötzlich hören sie einen jauchzenden Adlerschrei hinter sich.

Und wie sie sich umdrehen, sehen sie, daß der Adler sich in die Lüfte erhebt. Schlaff hängt die Beute in seinen Fängen.

»Die Natur ist furchtbar«, flüstert Elisabeth.

„Nein«, kopfschüttelt der Jäger, »die Natur ist grausam.«

»Kommt das nicht auf dasselbe heraus?«

»Nein. Furchtbar wäre eine Grausamkeit ohne Güte. Hinter allem aber, was in der Natur geschieht, steht eine unendlich große Liebe, die selbst die Grausamkeit auf sich zu nehmen bereit ist, um wirksam zu werden.«

Nun mußt du doch den Blick heben, Elisabeth, nicht wahr, es geht nicht anders, und diesem Mann ins Gesicht sehen, diesem seltsamen Mann, der so jung ist und dennoch gereift über seine Jahre. Es steht ihm ein Licht in den Augen, ein gutes Licht.

Dieses Gesicht neben sich zu haben, tut wohl in diesem Augenblick, Elisabeth, wo das furchtbare Erlebnis dir noch in allen Nervenbahnen nachzittert. Du bist ein Kind, das Schutz sucht und findet, denn hier ist ein Schutz, hier ist Sicherheit, Güte, Wärme, du spürtest es längst, Elisabeth, und du weißt es nun. Es macht froh, das Wesen dieses Mannes, der neben dir steht. So froh, daß du ihm deinen Mund reichen mußt in diesem Augenblick. Ist es dir bewußt, Elisabeth?

Zum Kuß gehören zwei, und es ist immer ein Glück, im Kuß nicht allein zu bleiben, ein großes oder doch wenigstens ein kleines.

Dies aber ist ein großes, ein jauchzendes Glück,

Elisabeth, das sich plötzlich in dir erhebt und hoch über dich hinaus, dir das Herz so randvoll anfüllt, daß du tief, tief atmen mußt, ehe du etwas anderes denken kannst.

Der Jäger ist nicht so sicher wie das Mädchen. Was soll denn das, Hubert, du bist hier nur der Jäger, ja? Und sie das Fräulein, die Tochter vom Chef, Verzeihung! Die Enkelin vom Chef. Wohin soll das führen?

»Sollen wir nicht lieber umkehren?« spricht er mit unbewegtem Gesicht.

Elisabeth löst langsam den Blick von ihm, ihr Ausdruck hat nichts eingebüßt an strahlender Glückseligkeit.

Ruhig und stolz geht sie den Weg weiter. Und es bleibt nichts, als ihr zu folgen...

Sie müssen in die Wand einsteigen. Es ist nur ein schmales Sims, auf dem die Füße Raum finden. Vorsicht! Steine gehen ab, prasseln in die Tiefe.

Aber was bedeutet Gefahr, wenn seine Hand dich hält, Elisabeth, diese gute, feste Hand?

Sie lächelt nur und überwindet spielerisch die kritische Stelle, der Bedrohung unbewußt.

Sie sitzen und sehen den Adlerhorst. Sie sehen die jungen Adler hocken und flügelschlagen und hören ihr Keifen. Sie sehen, wie die Adler zu- und abfliegen und Beute bringen, wie die Horstvögel sich darauf stürzen, daran zerren, darum raufen.

Aber das alles spielt für Elisabeth nur noch am Rande mit. Es ist nicht wichtig.

Auf einmal erscheint ihr diese schon heimatlich vertraute Landschaft seltsam verwandelt. In allen Dingen ist Freude, und dies nur darum, weil der ragende Felsen da und der Baum dort, dieser lichtüberflutete Kamm, jene kleine Wolke am Himmel und die ganze sichtbare Welt so stehen wie sie stehen und nicht anders. Es ist alles wie immer und doch geheimnisvoll verschönt, zauberhaft erneut...

Die Welt ist ein einziges großes Glück, das Leben nichts als ein Atemzug der Lust.

Neben ihr ist Hubert. Sie fühlt sich mit ihm verbunden wie mit sonst nichts auf der Welt. Was bedeutet dagegen ihre tiefe Freundschaft zu Max – ach, Max! – und ihre Liebe zum Großvater! Der Mann an ihrer Seite ist Sinn und Mittelpunkt des Daseins von diesem Augenblick an, ist es seit je gewesen, ohne daß es ihr bewußt geworden ist, nicht mehr hinwegzudenkender Bestandteil ihrer selbst... Waren sie nicht schon eins gewesen in einem früheren Leben?

In dieser Stunde erwacht für sie in allen Weiten der Welt all das in Himmel und Erde verborgen gewesene Glück. Es hat nur auf diesen Augenblick gewartet, um sich zu offenbaren. In gewaltigen Wellen wogt es heran, schlägt über dir zusammen, kleines Mädchen Elisabeth, zu einem brandenden Gipfel, der alle Berge überragt.

Wie sie von dort oben heruntergekommen sind, wissen sie nicht mehr genau. Sie schreiten, sie schweigen, nichts weiter.

Dort liegt das Haus. Sie sind da. Ist damit etwas zu Ende? Sie gehen auf die Haustür zu, sie sehen einander an.

Da zerreißt der Zauber mit einem Mißton, so daß sie erschrocken auseinanderfahren und sich umdrehen müssen.

Dicht hinter ihnen hat eine Autobremse aufgekreischt.

Ein kleiner roter Sportwagen ist es. Den kennst du doch, Elisabeth ... Ach –

Und jetzt greift eine harte Hand nach deinem Herzen, nach deiner Kehle...

»Hallo, Liesl!« ruft Max. Er springt schnell aus dem Wagen.

Elisabeth löst sich von Hubert, der auf der Stelle bleibt, überrascht, übertölpelt.

Elisabeth geht auf Max zu, langsam und doch nicht langsam genug. Schnell und doch nicht schnell genug. Er umarmt sie, küßt sie auf die Wange, unbekümmert, lachend, wie das beim Künstlervolk üblich ist...

Ach so! denkt Hubert.

»Da staunst du, was?« lacht Max. »Wenn der

Prophet nicht zum Berg kommt – dann eben umgekehrt!«

Peinlich, Elisabeth, in diesem Augenblick, nicht wahr?

Sie löst sich ein wenig geniert aus seiner Umarmung. Sie kann nichts sagen jetzt. Dafür spricht Max, Gott sei Dank!

»Aber, mir scheint, du freust dich gar nicht ...«

Nein, sie freut sich gar nicht, um ehrlich zu sein. Das heißt – sie freut sich schon, aber – gerade in diesem Augenblick – es war etwas plötzlich.

»O ja«, spricht sie endlich, »nur – ich muß dich bekanntmachen ...«

Max hebt den Blick zu Gerold, der immer noch an der Haustür steht, nicht gebraten, nicht gesotten, uneins mit sich und der Welt.

»Ja, bitte –« sagt Max.

Er hängt sich unbefangen in Liesl ein, geht gut gelaunt mit ihr auf Hubert zu.

»Das ist Max Freiberg, ein Kollege ...«, spricht es aus Elisabeth.

Kollege? Ja, gewiß, was sonst? Sie kann doch nicht sagen: Freund! Und das ist er ja gar nicht. Gar nicht mehr.

Max ahnt nicht, was in ihr vorgeht. Er ist aufgeräumt, selbstsicher, ironisch wie immer. Er reicht Hubert die Hand.

»Noch dazu einer von den Verrückten ...«

Hubert kann auf diesen leichten Ton nicht eingehen, jetzt nicht. Er verbeugt sich steif, sagt kühl: »Guten Tag!«

Um so mehr will Elisabeth nun sagen. Die Hemmung ist überwunden, die Schrecksekunde. Sie muß reden, reden, je mehr, um so besser, um über die Situation hinwegzukommen. Es sprudelt nur so.

»Das ist Hubert Gerold, der Jäger vom Groß-papa. Wir waren eben gemeinsam auf der Adler-pirsch ...«

»Was du nicht sagst! Hier gibt's Adler?«

»Ja! Und du kannst dir gar nicht vorstellen, wie aufregend es war!«

Diese Art der Begeisterung ist neu an Elisabeth, denkt Max. Sie ist verändert, stellt er gleich darauf sachlich fest.

»So! Schade, daß ich nicht dabei war!« sagt er obenhin.

Schade, daß er nicht dabei war! Was soll man dazu sagen? Nichts kann man dazu sagen. Und in die Pause hinein, die entsteht, spricht Hubert.

»Ich muß zum Herrn Hofrat. Entschuldigen Sie mich, bitte!«

Was will er denn beim Herrn Hofrat? Er hat gar nichts mit ihm zu sprechen jetzt, Elisabeth weiß das. Er will fort, fort aus dieser unguten

Situation, aus dieser verdorbenen Stimmung. Sie versteht das. Und sie will ihn so nicht gehen lassen, nein, sie muß ihm doch noch etwas Nettes sagen, obwohl Max danebensteht, ganz gleich!

»Sehen wir uns noch?« spricht Elisabeth. Sie wollte sagen »Hubert«, aber sie unterschlägt es. Es hat dennoch herzlich geklungen.

Dumme Frage! Natürlich sehen wir einander noch, Mädchen, aber nicht jetzt, nicht heute, nicht so! Es ist etwas unklar zwischen uns. Es muß klar werden. Muß es?

Mach keine Dummheiten, Hubert! Du bist nur ein einfacher Jäger, nur noch ein Jäger. Vergiß das nicht!

»Ich glaube nein, Fräulein Leonhard«, kommt es von Hubert. »Heute wird die Achte Bruckner übertragen. Die möchte ich nicht versäumen.«

Damit verbeugt er sich und geht. Freiberg sieht ihm kopfschüttelnd nach.

»Interessanter Mensch!« spricht er. »Hinter dem steckt mehr, als er zeigt.«

Er geht nun doch zum Hofrat, der Gerold. Er berichtet über die Adlerpirsch. Der alte Herr freut sich, daß seine Enkelin so viel erlebt hat.

»Es war sicher ein schöner Tag für die Liesl.«

»Gewiß, Herr Hofrat, ich denke schon ...«

Was war denn das? Was schwingt denn da mit in diesem Satz? Was hat er denn, der Gerold? Was ist denn los? Ich kenn' dich lang und gut genug, Gerold, um das zu hören, um das zu spüren...

Er hebt den Blick, der Hofrat.

»Hat's irgendwas gegeben?«

Er spürt aber auch alles, der Alte, wie? Ein Fuchs ist das!

»Nicht daß ich wüßte ...«, meint der Hubert gedehnt und sieht anderswohin. Das beschwichtigt den Alten nicht, Hubert, das nicht!

»Wo steckt sie denn überhaupt?« fragt er.

»Ihre Enkelin hat Besuch aus der Stadt bekommen. Soviel ich verstanden habe – ein Kollege...«

Da fährt der Kopf des Alten hoch wie in einem Erschrecken.

»Am Ende ein Herr Freiberg?«

Jetzt sieht der Hubert dem Hofrat wieder voll ins Gesicht und nickt.

»Ja.«

»Das hat uns gerade noch gefehlt!«

Richtig, Hofrat, der hat gerade noch gefehlt!

Elisabeth ist mit Max sogleich ins Dorf hinuntergefahren zum Goldenen Hirschen, wo er Quartier nehmen soll.

Er sieht sich skeptisch um.

»Ist ja sehr schön. Aber daß man es hier auf die Dauer aushält, kann ich mir nicht vorstellen!«

»Wenn du erst ein paar Tage hier bist, dann wirst du gar nicht mehr wegwollen!« ereifert sich Elisabeth. Sie muß ihre Heimat verteidigen! Das ist sie ihr schuldig. Aber – kennt sie Max so wenig?

»Na, das glaub' ich kaum«, meint er.

Ein Mädchen kommt aus dem Gasthof, um die Koffer hinaufzutragen.

»Ich muß dir viel erzählen! Paris war diesmal ein großer Erfolg. Ich habe die Skizzen und Photos meiner neuen Arbeiten mitgebracht. – Liesl! Du hörst mir ja gar nicht zu!«

»Doch, doch, was hast du gesagt? Paris, ja! Das ist schön, Max. Also – du kommst dann, nicht wahr? Der Großpapa wird dich sicher zum Abendessen einladen.«

»Das ist eine gute Idee. Wie ist er eigentlich, der alte Herr? Ist er ein musischer Mensch? Ich meine: versteht er etwas von Kunst?«

Da muß sie aber lachen, die Elisabeth.

»Sehr viel sogar. Aber er hält nichts von den Modernen ...«

Jetzt lacht auch er. Er ist selbstbewußt, dieser Freiberg.

»Aha! Macht nichts! Erst einmal gut abendessen, dann werde ich ihn schon bekehren!«

Das ist aber nicht so leicht, wie du glaubst, Max Freiberg!

Das Abendessen ist ausgezeichnet, die Einrichtung des Hauses solid, wenn auch überholt, dieser alte Herr sympathisch und aufgeschlossen. Jedenfalls scheint es, als würde er dem jungen Gast mit Unvoreingenommenheit gegenüberstehen.

Freiberg erzählt von seinem Erfolg in Paris. Er zeigt einen Zeitungsartikel, der ihn als kühnen Avantgardisten, als genialen Führer der jungen Generation preist. Er holt die Photos seiner preisgekrönten Skulpturen hervor. Wortlos sieht der Hofrat sie an, ohne jedes Mienenspiel, eines nach dem anderen, aufmerksam, vom ersten bis zum letzten. Dann spricht er:

»Ich bin nur ein einfacher Mensch, Herr Freiberg, und ein alter Mann. Aber – verzeihen Sie! – ich halte es – gelinde gesagt – für eine Zumutung, einem geistig und seelisch gesunden Publikum derartiges als Kunst vorzusetzen. Denn Kunst, nicht wahr – und meine Unbelehrbarkeit ist bedauerlich in diesem Punkt –, ist bekanntlich nur zu einem Prozent Genius, für den Rest aber Arbeit, Arbeit, Herr Freiberg, bittere, schwere Arbeit, an sich, am Werk, an der Menschheit und für die Menschheit. Und Aufgabe der Kunst ist, den Menschen zu beglücken, zu bereichern, zu erheben, zu veredeln. Was Sie mir hier zeigen, verwirrt mich, es bedrückt, es zerbricht mich innerlich. Aber, wie gesagt, ich bin ein alter

Mann und nicht auf der Höhe der Zeit. Verzeihen Sie –«

Freiberg kennt die Platte. Sie wird ihm oft genug vorgespielt. Er ist geduldig.

»Wahre Kunst«, beginnt er, »darf sich nie die Aufgabe stellen, die Natur und das Leben gedankenlos abzuschreiben. Wir schauen – ich muß das zugeben – mit einiger Geringschätzung auf die alten sogenannten Meister hinab, die ihre Lebensaufgabe darin sahen, zu kopieren, was ihre Sinne wahrzunehmen vermochten. Wir sind weiter fortgeschritten. Wir bemühen uns, innere Bilder, seelische Vorgänge, starke innere Erlebnisse sichtbar und greifbar zu machen.«

»Dann muß es aber im Inneren mancher Künstler furchtbar aussehen, Herr Freiberg, entschuldigen Sie!«

»Ich meine – wir wollen das Innere der Dinge und Wesen zeigen. Wir wollen Sinnbilder schaffen.«

»Gut. Jedes ehrliche Streben soll anerkannt werden. Aber hier suche ich vergebens nach dem Sinn dieser Bilder ...«

»Wenn Sie, Herr Hofrat, und andere in der Auflösung der Form, in der Abwendung vom Gegenstand noch keine Sichtbarmachung des inneren Wesens der Dinge und im ›Hinter-die-Dinge-Schauen‹ keine Mitteilungs- und Verständigungsmöglichkeit sehen, so ist das nicht unsere Schuld!«

»Ich verstehe, Herr Freiberg. Sie wollen sagen, daß ich zu dumm bin dazu. Mag sein. Wer aber zeigt uns und Ihnen selbst hier die Grenzen auf zwischen ernstem künstlerischem Ringen und dem Mut zum Unfug? Zwischen einem genial Vorausgeeilten und einem krankhaft geltungsbedürftigen Macher?«

»Denken Sie doch daran, Herr Hofrat, wie viele Kunstwerke der Vergangenheit, die heute zum kostbarsten ewigen Besitz der Menschheit gehören, in früheren Zeiten verurteilt, wie ihre genialen Schöpfer mißverstanden, verlacht und abgelehnt wurden! Müssen wir nicht vermeiden, in die gleichen Fehler zu verfallen?«

»Gewiß. Wenn man sich erinnert, wie viele unserer Größen elend gelebt und elend geendet haben.«

»Sehen Sie! Das auferlegt uns die Pflicht, gerade dem Werk, das nicht verstanden wird, und dem Künstler, dessen Tasten in das Unbekannte der Seele noch undeutbar ist, Ehrfurcht und Achtung zu erweisen. Gerade weil er nicht verstanden wird, müssen wir seinem Werk größere Bedeutung beimessen als jedem anderen.«

Der Hofrat schüttelt den Kopf.

»Ich finde das absurd, Herr Freiberg. Niemand

kann entscheiden, ob ein starkes Gegenwartswerk eine vergängliche Spannung der Zeit oder eine zukünftige Kraft darstellt. Wie leicht kann Zeitgebundenes zur Überschätzung führen, und wie oft sank es später zur Bedeutungslosigkeit herab!«

Elisabeth folgt dem Gespräch der Männer mit Aufmerksamkeit. Hat sie nichts dazu zu sagen?

Es ist komisch. Nein, sie hat nichts zu sagen. Max Freiberg und alles, was mit ihm zusammenhängt, sind von ihr weggerückt, sind ihr fern, vielleicht sogar ein wenig fremd geworden, und waren doch vor kurzem noch festgefügte Bestandteile ihrer Welt, ihres Daseins. So seltsam sind die Wege des Lebens, daß sie uns mit einer kleinen Wendung, die wir oft gar nicht bemerken, von einer Welt in die andere führen ...

»Jede gültige Stilform, Herr Hofrat, bildet sich langsam aus der Sehnsucht, aus dem Glück oder Leid, aus den Träumen und Daseinsängsten, kurz, aus den Gegenwartsproblemen einer Gesellschaft.«

»Ja, und da die Gesellschaft von heute seelisch krank, seelisch verödet ist, muß die moderne Kunst folgerichtig kranke und seelenlose Werke schaffen!«

Freiberg geht nicht auf den Einwurf ein.

»Wir jungen Künstler müssen den Mut aufbringen, alles Zufällige, Sinnliche und Gefällige abzuschütteln, ja sogar uns am Organischen zu vergreifen. Wir wollen und müssen willkürlich bauen. Hier beginnt das Neue, Junge, Urhafte. Wir müssen die Grenze vom Gewohnten zum Neuartigen überschreiten! Das ist unser Protest gegen den bürgerlichen Schlafwandel und die Spießerindividualität!«

Er nickt nur mit dem Kopf, der Herr Hofrat, und sieht vor sich ins Leere.

»Hier beginnt auch die Kluft zwischen Kunst und Mensch«, sagt er. »Oder die Neuerer haben versäumt, für den Begriff Kunst einen geeigneteren Ausdruck zu prägen. Ich bewundere Ihren Mut, den Kulturmangel unserer Zeit zu bejahen. Ihre Vereinsamung mag Ihnen die Höhe Ihres Weges bestätigen, Herr Freiberg.«

»Verstehen wir uns doch recht, Herr Hofrat! Man darf solche Kunstwerke natürlich nicht verstandesmäßig erfassen wollen! Man muß sie aufnehmen etwa wie Musik, die Stimmungen erregt, ohne den Filter des Verstandes!«

Der Hofrat hält die Bilder, die Freiberg mitgebracht hat, immer noch in der Hand. Jetzt legt er sie auf den Tisch zurück.

»Ich stehe diesem Rausch des Phantasierens in abstrakten Formen hilflos gegenüber. Für mich haben diese Bilder nichts als blutleere Plumpheit, langweilige Starrheit. Verzeihen Sie! Das ist kein

Werturteil! Und in Ihren Augen bin ich zweifellos ein Banause. Aber ich glaube nicht, daß unser Zeitalter den Inhalt und den Glauben hat, der starke schöpferische Kräfte entzünden kann. Noch hören wir nicht den tiefen Glockenton, der eine neue Epoche einläutet!«

In der Nacht hat es geregnet. Der Tag ist blau. Die Welt ist wie neu gemacht. Sie gehen durch den Garten, Elisabeth und Max. Immer wieder muß er von der Seite her auf sie schauen und sich wundern. Ja, Elisabeth hätte selber nie geglaubt, daß sie so viel zu erklären und zu zeigen haben würde bei dem einfachen Gang durch einen Garten.

Ist das noch deine Elisabeth, Max? Sie ist neu, sie ist anders. Und sie gefällt dir um so mehr. Das Mädchen ist gewachsen. Es wird seinen Weg machen.

Sie gehen über den Wirtschaftshof und durch die Ställe. Es ist nicht alles interessant für Max. Er ist schweigsam, wirft nur ab und zu ein sarkastisches Wort hin. Na ja, irgend etwas muß man doch sagen, nicht wahr, wenn man schon die Hände nicht aus den Hosentaschen tut.

Sie sind auf den Koppeln, wo die jungen Pferde umherspringen, diese wolligen stelzbeinigen Geschöpfe, in die Elisabeth verliebt ist.

Man ruft sie, und sie kommen heran im Zuckelgalopp, strecken die flaumweichen rosigen Nasen vor, verdrängen einander, weil sie ein Stück Zucker ergattern wollen oder ein Stückchen Brot.

Das kleine, das fahlbraune, ist Elisabeths Liebling. Es ist einige Wochen jünger als die anderen und wie aus Porzellan gemacht.

»Ist es nicht süß?« ruft Elisabeth.

Sie hockt sich nieder und umarmt das Tier, das ungebärdig sich loszappelt und davonschießt, da Max herantritt.

Elisabeth sieht ihm nach mit strahlenden Augen. »Ist das nicht herrlich? Und sieh die Berge, wie klar sie heute sind! Begreifst du jetzt, daß ich mich nicht losmachen konnte?«

Tja, das begreifst du, Max! Nicht ganz begreifst du, daß das Mädchen dir fremd geworden ist. Es ist verwandelt. Ist es der Einfluß des Erlebnisses allein, der Landschaft, des Waldes, der Gemeinsamkeit mit den Tieren? Steht etwas anderes dahinter? Ein Mensch? Ein Mann? Du hast einen spöttischen Zug um den Mund, Max! Aber den hast du fast immer...

»Ich habe das Gefühl, du willst von hier überhaupt nicht mehr weg, und unsere gemeinsame Arbeit interessiert dich nicht mehr...«

»Das ist nicht wahr!«

Sie gehen nebeneinander den Koppelzaun entlang. Max hat einen Grashalm abgerissen und kaut daran mit einem undurchdringlichen Gesicht.

»Ich habe aber eine neue Sicht gewonnen von hier aus, auf die Dinge, auf das Leben. Und – ich bin unsicher geworden –«

Max muß halten und seiner Liesl ins Gesicht sehen.

»Das warst du doch früher nie!«

Aber sie geht weiter, langsam, den Blick zu Boden gerichtet.

»Nein. Weil ich gewöhnt war, alles mit deinen Augen anzusehen, und keine eigene Meinung mehr hatte.«

Oho, daher weht der Wind! Das ist eine neue Musik. Also doch! Anscheinend bemüht man sich hier, diese begabte junge Künstlerin von ihrem durch ihr Talent klar vorgezeichneten Weg abzubringen. Wer? Gerold? Kaum. Der Hofrat? Wahrscheinlich! Es ist immer peinlich zu entdecken, daß hinter dem Rücken gegensätzliche Kräfte wirken.

»Was willst du damit eigentlich sagen?«

»Daß ich Zeit brauche, um mit mir ins reine zu kommen, um wieder arbeiten zu können…«

»Aber Liesl! Den Zustand kennen wir doch! Das ist nur eine Berufskrankheit, und das geht vorüber. Darauf kann ich warten.«

„Ich weiß nicht, ob das so schnell vorübergeht...«

»Du hast also zur Zeit noch nicht die Absicht heimzufahren...«

Sie sagt nichts darauf, sie schüttelt nur langsam den Kopf.

Das ist nun eine neue und unerwartete Situation, Max, nicht wahr? Aber es geht dir ja im Grunde gar nicht so sehr darum, daß dieses Mädchen seinen künstlerischen Weg weitergeht, den du als ihr vorgezeichnet ansiehst oder den du ihr vielleicht selber eingeredet hast. Es geht um Elisabeth selber. Liebst du sie eigentlich? Ach, Liebe! Aber jetzt, da sie dir zu entgleiten droht, da sie einen anderen Weg einzuschlagen scheint, da man sie dir entfremden, entreißen will, jetzt glaubst du plötzlich, sie zu lieben, oder besser, sie lieben zu sollen. Du willst sie dir nicht einfach wegnehmen lassen...

Da kommt der Herr Hofrat gegangen, von den Wirtschaftsgebäuden her. Sie begrüßen ihn, sie stehen und schauen in die Gegend, sie sprechen. Plötzlich läuft Elisabeth weg, auf das kleine Fohlen zu, das gerade wieder kommen will, aber sich nicht herantraut angesichts der beiden Männer, die nun allein bleiben.

»Sie haben einen sehr schönen Besitz, Herr Hofrat«, sagt Freiberg.

»Freut mich, daß er Ihnen gefällt.« Er tut schnell einen Blick nach Elisabeth, aber die ist außer Hörweite. Dann erst setzt er fort.

»Da wir jetzt allein sind – möchte ich auf unser gestriges Gespräch zurückkommen. Sie sind Künstler und gehen den Weg, den Sie gehen zu müssen glauben. Ob er richtig oder falsch ist, kann ich nicht beurteilen. Aber ich bitte Sie um eines: Meiner Enkelin überlassen Sie, selbst zu entscheiden, wo ihr Platz ist ...«

Die beiden Männer haben einander fest angesehen bei diesen Worten. Jetzt löst Freiberg den Blick, senkt ihn. Und da ist auch Elisabeth wieder.

Schweigend gehen sie dem Hof zu. –

Du willst trotzdem noch bleiben, Max Freiberg, nicht wahr? Das Wetter ist gut, und die Gegend schön. Und wenn du schon einmal da bist – es tut wohl, einige Tage auszuspannen. Und was geht dich schließlich dieser schrullige alte Herr an! Du bist ja Liesls wegen da...

Sie fahren mit dem Wagen dahin und dorthin, Elisabeth und Max, sie gehen spazieren, und es wächst doch wieder, allmählich, die gute alte Freundschaft oder besser Kameradschaft zwischen ihnen, die durch die lange Trennung nur verschüttet war.

Aber sie gehen auch zu dritt in den Wald, mit dem Jäger Gerold. Sie sehen hunderterlei Dinge, die für Max neu sind, aber nicht für Elisabeth. Er spürt, wie die einfache und starke Persönlichkeit dieses komischen Jagdaufsehers Elisabeth in Bann hält, seine Ruhe, seine Sicherheit und sein Wissen. Und auch Elisabeth hat eine Menge gelernt, wovon sie früher keine Ahnung hatte.

Sie sehen einen Hirsch, und Elisabeth unterhält sich mit dem Jäger lange und beinahe fachmännisch über die Geweihform, über sein mutmaßliches Alter und die Frage, ob er geschont oder geschossen werden sollte. Max kommt das beinahe lächerlich vor. Für ihn haben Fragen dieser Art keine Wichtigkeit. Daß Elisabeth sich für so etwas interessieren kann, ist ihm unverständlich. Eine kleine Marotte, die sich wieder geben wird, sicher.

Sie beobachtet verschiedenes, das Max nicht sieht, und sie zeigt es ihm und belehrt ihn darüber. Er hat dafür nur ein ironisches Lächeln. Im übrigen beachtet sie ihn kaum, sieht nur den Jäger, spricht mit ihm und zu ihm und er zu ihr, und die beiden sehen einander manchmal an, als ob er, Max Freiberg, gar nicht dabei wäre. Er ist Luft für sie, und er kommt sich auch reichlich überflüssig vor, das fünfte Rad am Wagen, bestellt und nicht abgeholt...

Sie sehen viel Wild, und es ist unverständlich, warum der Mann, der Gerold, nicht schießt! Er schleppt das Gewehr anscheinend nur zum Vergnügen mit sich herum, den ganzen Tag. Vielleicht nur als Staffage, denkt Freiberg. Er fühlt sich wohl in der Rolle des bewaffneten Helden der Bergwildnis, dieser Gerold. Und er will damit wahrscheinlich imponieren. Bei Elisabeth scheint ihm das ja geglückt zu sein...

Freiberg hat mit den Dingen der Jagd bisher nie etwas zu tun gehabt. Dennoch beschleicht ihn eine prickelnde Spannung, wenn sie immer und immer wieder einem Stück Wild gegenüberstehen, und er meint, daß es verlockend und reizvoll sein könnte, eine dieser flüchtigen Erscheinungen zu bannen und in Besitz zu nehmen durch einen wohlgezielten Schuß...

Da äst ein Rehbock vor ihnen auf der Wiese, ein guter, ein starker, ganz nahe. Sie stehen und schauen.

Und er kommt noch näher...

»So schießen Sie doch!« flüstert Freiberg. Sein Herz pocht, schau, schau!

Aber Gerold tut nichts dergleichen. Plötzlich greift Freiberg nach dem Gewehr, will es dem Jäger von der Schulter nehmen.

»So geben Sie *mir* das Gewehr!« spricht er erregt.

Der Bock hat es vernommen und das Weite gesucht.

»Was fällt Ihnen ein?« sagt Gerold sachlich.

»Wozu geht man denn auf die Jagd?«

»Glauben Sie denn, daß die Jagd nur aus Schießen besteht? Der Schuß ist nur ein ganz kleiner Teil dessen, was wir Waidwerk nennen.«

Aber das versteht Freiberg nicht. Diese Hinterwäldler haben alle einen kleinen Hieb, denkt er.

Die Kinder von Og und Kr waren gut geraten. Man durfte zufrieden sein. Sie regten die Flügel beinahe wie die Eltern, und man konnte mit ihnen schon weite Ausflüge unternehmen. Das freilich war noch nicht alles. Viel blieb noch zu sorgen, zu zeigen, zu lehren, soweit eben die Erfahrungen eines hundertjährigen Rabenlebens auf diese Unreifen übertragen werden konnten...

Sie waren unterwegs, Og, Kr und ihre fünf Kinder. Die Alten flogen ihnen vor, was sie konnten. Sie ließen sich vom Wind aufheben mit unbewegten Schwingen, falteten die Flügel zum Sturzflug, schossen in die Tiefe, glitten wieder hoch, mühelos anscheinend. Die junge Brut sah mit Staunen die Künste ihrer Erzeuger. Da versuchte es schon eines der Jungen, aber es verstand noch nicht, die Strömung zu fassen mit Stoß und Schwingen, und der Wind ließ es fallen, so daß es flatternd sich fangen mußte.

Räb! sagte es. Das war ein Ausdruck der Verlegenheit, obwohl die Geschwister es nicht besser gekonnt hätten und die Eltern Verständnis und Verzeihung bereit hatten auf jeden Fall.

Sie schwenken über den Grat, der zum Gipfel sich aufschwingt und ihnen eine Wolke von sonnenwarmem Speikduft auf den Weg streut. Wie schön ist das Leben!

Og und Kr lassen die Kinder vor sich hin tändeln. Man ist auf dem Heimweg. Sie tauchen in den Schatten der Wände. Es ist ein wonnevolles Fliegen. Man läßt sich aufheben und drücken durch die Luftströme, die in den Rinnen und Schrunden der Felsen steigen und fallen. Die Luft trägt gut heute. –

Tief unter ihnen, in der steinigen Buckelland-schaft der Almen, treiben sich die Murmeltiere umher. Sie freuen sich an Licht und Wärme. Sie schwelgen in der Weide, der sprossenden. Alles ist da in Menge, was man nur begehren kann, und man sucht sich genießerisch und bedächtig, was einem am besten schmeckt. Rupft da ein Blättchen und dort ein süßes Stenglein, stellt sich auf die Hinterbeine, streckt sich hoch und äst die Blüten vom gelben Enzian. Es ist ein großes Vergnügen, und man muß es verstehen.

Da sind die großen Steine, die sonnewarmen. Man legt sich darauf und wird ganz flach, streckt die Beine von sich, fließt auseinander wie ein Klumpen Teer in der Sonne, ist nur Rücken und Bauch. Man muß mit jedem Fleckchen Haut Wärme aufnehmen, von unten aus dem Stein, von oben aus dem strahlenden Gestirn. Man wird sie brauchen. Der Winter ist lang...

Wer jung ist, der schließt dabei die Augen und schläft. Das ist sehr schön. Die Alten aber, die Weisen, halten die Augen und die Ohren und die Nasen offen. Man kann nie wissen...

Auch das ist schön. Man schaut vor sich in die ungewisse sonnige Weite, die blau und grün und golden ist und auf- und absteigende zackige Linien hat, über denen großgeballte lichte Gebilde im Raum schwimmen. Man ist glücklich.

Freilich, es bringt auch Böses, das Leben, Gefahr und Tod. Man muß auf der Hut sein! Besonders, wenn die Jungen im Kessel liegen, blind und hilflos, oder wenn sie erstmalig ans Licht steigen. Sie sind noch voll Vertrauens in die Welt und das Leben, ahnungslos und unerfahren.

Da ist zum Beispiel das Hermelin, der schlanke schlaue Räuber mit dem Spitzbubengesicht und den kalten, grausamen Augen. Es schleicht umher und lauscht auf das Piepen der Jungen, schlieft zu Bau, wenn die Eltern eben nicht zu Hause sind, und würgt sie. Da ist der Fuchs, der rote, der über die Alm schnürt, der immer so gelangweilt wegsieht, sobald ein altes Murmel ihm in den Weg kommt, und dem man doch nicht trauen kann.

Und der Adler, der große, der in der Höhe lauert, in der Luft oder auf einer Felszacke. Man muß immer den Blick auch nach oben gerichtet haben! Oft ist es, daß er niedrig heranstreicht, dicht über dem Boden, so daß man ihn erst wahrnimmt, wenn seine schwarzen Schwingen einen drohend überschatten. Wehe dem, der dann nicht gleich ein Erdloch neben sich hat oder einen hohl liegenden Stein, der Unterschlupf gewährt!

Wenn sie in zitterndem Zweifel verharren, ob die bedolchte Hand des Furchtbaren sie erfaßt oder ob sie ihr entgehen; wenn sie sich voll Todesangst in die nächste Öffnung drücken, welche die Erde bietet; wenn das Brausen der Schwingenschläge sie betäubt – in solchen Augenblicken mag es sein, daß in ihnen eine Erinnerung wach wird: Das war schon einmal, vor langer Zeit ... im Traum oder in einem fernen, früheren Leben ... Wer könnte das mit Bestimmtheit sagen? –

Unter den ragenden Wänden, wo die Wildnis der Felstrümmer vom struppigen Urwald der Grünerlen überwuchert ist, liegt der große Hirsch. Er weiß das kühle Paradies dieses Einstandes zu schätzen in dieser Sommerszeit. Hoch über ihm, auf den Felswegen, lustwandeln die Gemsen. Es stört ihn nicht. Er bleibt niedergetan, solange die Sonne hoch steht. Kleine Vögel piepen im Busch. Aus der grünen Wirrnis der Pestwurzelblätter hebt der Dost seine violetten Blütendolden. Sie duften eindringlich, herb und süß zugleich. Mücken spielen. Durch eine Lücke im Blätterdach sieht der Hirsch über sich die schattigen Wände ragen, blau umatmet von durchsonnter Luft. Ein kleiner roter Falke flattert hindurch. Kli, kli, kli ruft er. Im Steilbusch steht eine niedrige Eberesche, jahrhundertealt. Die Höhe gewährt kein üppigeres Wachstum. Sie ist schon rot, ein Feuer inmitten der Flut von prangendem Grün.

Am späten Nachmittag erst regt sich der Hirsch, wird langsam hoch, äst von dem Reichtum, den der Platz bietet. Er ist faul geworden, und das ist gut. Es ist notwendig, weil er feist werden muß, um den gewaltigen Orkan der Brunft zu bestehen, der kommen wird, zwei Monate später.

Er bewegt sich nicht viel. Niemand weiß von ihm. Ab und zu nur wird an einer Lücke im dichten Busch eine Geweihkrone sichtbar, für einen Augenblick. Aber wer sieht die schon?

Es ist eine stille Zeit, eine satte. Alles, was jetzt hier lebt, ist umatmet von Beschaulichkeit und Ruhe, die Gemsen, die Hirsche. Nur die Rehe scheinen sich darein nicht schicken zu wollen. Sie haben ihre unruhvolle Zeit. Von früh bis abend keucht der Bock hinter der Geiß, prescht auf und ab durch die Erlen, schreckt die in ihren Betten dösenden Hirsche und Gemsen und tut, als ob die Örtlichkeit nur für ihn und seine Liebe allein da wäre ...

Dabei ist erstaunlich, daß die zarten Rehläufe,

die doch für einen anderen Boden geschaffen sind, die zerklüftete Unwegsamkeit des überwucherten Schuttstromes zu bewältigen vermögen, ohne zu brechen bei dieser tollen Hetzjagd.

Immer wieder kommen die beiden brennroten Kobolde vorbei, und wenn der Bock müde geworden scheint, versteht die schlanke Geiß, die Geister seiner Begehrlichkeit wieder aufzustacheln durch ihre Minnesänge, die je nach Stimmung und Zweckmäßigkeit schmelzend zart sind oder herausfordernd und schneidend durch die Einsamkeit gellen.

Regenzeit kommt. Der Himmel wird schwarz. Die Schwere zieht ihn herab bis tief unter die ragenden Kämme, bis herab in die Wälder, und er entlädt sich rauschend seines Segens. Die Gemsen verlassen die Wände und gewinnen die kahle Alm. Auch den Rehen ist der triefende Busch zuwider, der seine kalte Nässe über sie ergießt, wenn sie hindurchstürmen. Sie stehen auf der schmalen grünen Ebene neben dem Bach, beginnen kurz darauf ihr Spiel von neuem, um die haushohen schwarzen Felsblöcke herum, über den Bach hinüber und wieder zurück.

Nur der große Hirsch bleibt. Ihm tut der Regen nichts. Er bewegt sich nicht. Er schläft. Die Ruhe behagt ihm. Aber das Wetter wird wieder schön, und die Rehe kehren zurück. Mürrisch sieht der große Hirsch dem lockeren Treiben zu. Er braucht die Stille. Es währt noch einen Tag. Dann erscheint die Rehgeiß ihrem Bock nicht mehr begehrenswert. Er geht auf die Suche nach einer anderen. Zwei oder drei Geißen werden sich vielleicht noch finden lassen in der Unübersehbarkeit dieses Busches. Und ebensooft wiederholt sich in den folgenden Tagen die ewige Unruhe.

Das wird dem großen Hirschen schließlich zuviel. Und am Abend, wie es dunkel wird, macht er sich heimlich davon, um einen ruhigeren Winkel zu suchen. –

Es ist seltsam, über wie lange Zeiträume hinweg gewisse Kräfte und Meinungen wirksam bleiben! In diesem weltfernen, abgeschlossenen Bergdorf Hochmoos scheint es auch heute noch so zu sein wie vorzeiten. Die Einstellung zur Jagd und die Geschicklichkeit, die dabei entwickelt wird, Zahl und Stärke der Beute, die einer mit heimbringt: das alles spielt hier immer noch eine bedeutende Rolle als Gradmesser der Persönlichkeit. Obwohl es das angesichts der Vervollkommnung der Waffen natürlich gar nicht mehr ist ... Heute sind ganz andere Gesichtspunkte entscheidend für die Beurteilung einer jägerischen Persönlichkeit.

Davon aber weiß die Veronika nichts. Ihr Herz schlägt für die Jagd, so wie sie sie versteht – sie versteht sie gar nicht, unter uns gesagt! –, und für den Jäger vor allem, das heißt den Mann, der jung und fesch und sonnenbraun ist und, die Büchse malerisch über die Schulter gehängt, ins Gebirge steigt, um mit seltener Beute und kapitalen Trophäen heimzukehren.

Darum sieht sie ja auch den Hubert so gern. Aber der ist nichts für sie und sie nichts für ihn, das erkennt sie jetzt allmählich. Und der Erblehner meint, es wäre an der Zeit, sich mehr als bisher für die Jagd zu interessieren.

Es scheint, als würde er sich ernstlich um Veronika bemühen. Über ein gelegentliches, mehr boshaftes als verliebtes Wortgeplänkel sind sie aber bisher nicht hinausgekommen.

Da ist er wieder, der Bertl. Er kommt jetzt öfter ins Wirtshaus als früher. Er sucht sich feinfühlend die Zeit aus, wo die Gaststube leer ist. Und sowie dieser Fall eintritt, schaut die Veronika unwillkürlich nach ihm aus, denn dann ist er fällig.

»Ja, Bertl! Jetzt bist du schon wieder da?« sagt sie. Aber sie freut sich im Grunde, daß er schon wieder und kein anderer Gast da ist.

»Was willst denn trinken?« fragt sie, obwohl sie genau weiß, daß er nichts bestellen wird.

»Nichts, Vroni. Ich möcht' dir nur etwas sagen ... «

„A so?« meint sie und tut, als ob sie gar nicht neugierig wäre.

»Ich war bei deinem Vater.«

»Bist du närrisch geworden? Ohne mich zu fragen!«

»Ja«, tut er von oben her, »weil du nicht dafür zu haben bist, hab' ich selber mit ihm gesprochen.«

»So. Und hat er dich nicht gleich hinausgeworfen?«

»Nein. Er hat mir erlaubt, in der Gemeindejagd einen Rehbock zu schießen.«

Eine Frechheit, sie so aufs Eis zu führen! Der Erblehner grinst übers ganze Gesicht. Und die Veronika ärgert sich, wirklich! Aber sie wird es ihm zurückgeben, jawohl!

»Kannst überhaupt umgehen mit einem Gewehr?« fragt sie so geringschätzig wie möglich.

»Vielleicht grad so gut wie mancher andere!« sagt der Bertl und steht auf.–

Er hat aber Pech, der Erblehner. Denn dieser Bock ist ein alter und ein schlauer, und einen solchen sieht man einmal und dann lange nicht mehr, und man muß pirschen und wieder pirschen und sitzen und warten, zehnmal, zwanzigmal vielleicht, bis man ihn kriegt. Dazu braucht man Zeit und Geduld.

Der Erblehner hat von beidem nicht allzuviel.

Aber er bleibt unverdrossen. Und er will diesen Bock haben und keinen anderen, eben weil er so schwierig ist. Er läßt andere gute Böcke, die ihm vor die Büchse laufen, ungeschoren. Die Haltung ist lobenswert, aber die Leute denken anders. Und wie sie wieder einmal beisammensitzen, der Bürgermeister, der Bachler und der Angerer, der Brandl und die anderen, da kommt ihnen der Erblehner gerade recht.

»Jetzt sag mir mal, Erblehner, wie oft bist du schon auf den Bock gegangen?«

Dem Bertl ist es nicht recht, daß er hier vor der gefüllten Wirtsstube zum Ziel unziemlicher Späße gemacht werden soll. Und vor der Veronika, die sogleich die Ohren spitzt, obwohl sie es sich nicht anmerken läßt. Mit gespielter Gleichgültigkeit spricht er:

»Zwei- oder dreimal. Das kann jedem passieren!«

»Ja, aber mir scheint, du zählst nur die ungraden Tage!« sagt der Angerer, und die anderen lachen dazu.

Der Herr aus der Stadt ist eingetreten in diesem Augenblick, der Herr Freiberg. Er grüßt und geht an seinen Tisch in die Ecke.

»Ich glaub', demnächst feiert der Erblehner ein Jubiläum! Das zehnte Loch, das er in die Luft geschossen hat...«, spottet der Oberkogler.

»Geschossen hab' ich noch kein einziges Mal«, verteidigt sich der Erblehner. Aber seine Worte sind im Grölen der Tischrunde untergegangen. Alles, was recht ist, aber solche Witze gehen ihm im Augenblick auf die Nerven!

»Mach dir nichts draus«, begütigte der Bachler, »das letztemal ist es mir auch so gegangen!«

Aber der Bertl ist verstimmt. Er will zahlen.

»Hast es so eilig?« fragt die Veronika.

Er will den Vater Oberkogler noch etwas fragen, bevor er geht, der Bertl.

»Darf die Vroni mit mir zum Kirchtag nach Mittenbach fahren?«

Der Bürgermeister nickt Zustimmung, aber die Veronika will das Heft in der Hand behalten.

»Eines nach dem andern«, sagt sie entschieden. »Erst schieß deinen Bock, dann reden wir weiter!«

Sie meint es gar nicht so tragisch, der Bertl weiß es. Aber er ist verstimmt und geht. –

»Einen Roten wie gewöhnlich?« fragt Veronika Herrn Freiberg.

Sie setzt sich an seinen Tisch, da er sie einlädt. »Für einen Herrn aus Wien ist's bei uns heraußen wohl recht langweilig, nicht wahr?«

»Ich langweile mich nie. Aber mir scheint, ich passe nicht recht hierher. Bei euch fängt der Mann wohl erst beim Jäger an, wie?«

Sie ist ein kleines Mistvieh, diese Veronika! Sie weiß natürlich, daß dieser Herr Freiberg ein Bekannter – na, sagen wir halt ein Bekannter – vom Fräulein Leonhard ist...

»Nicht nur bei uns, Herr Freiberg! Fragen Sie doch einmal das Fräulein Leonhard! Die kommt doch aus der Stadt, aber die ist fast alle Tage auf der Pirsch –«

Und nach einer kurzen, gut berechneten Pause setzt sie hinzu:

»Mit dem Jäger vom Hofrat, dem Gerold ...«

Du sollst dich nicht freuen, Mädchen, daß ich mich ärgere, nicht wahr? denkt Freiberg. Er zuckt mit den Schultern.

»Das gehört hier anscheinend zum guten Ton!« Neugierig ist sie zu wissen, wie so ein städtischer Herr sich zur Jagd – als Maßstab aller männlichen Tugenden – verhält.

»Waren Sie schon einmal auf der Jagd?«

»Nein.«

»Wollen Sie es nicht einmal probieren? Oder haben Sie am Ende keine Lust...?«

»Das schon ...«

»Können Sie vielleicht nicht schießen?« Sie hat eigentlich eine schlechte Meinung von diesem Herrn Freiberg, die Vroni. Aber er stellt sein Renommee sogleich richtig.

»Das kann ich«, beruhigt er sie.

„Das haben wir alle einmal lernen müssen!«

»Dann bitten Sie doch den Herrn Hofrat um einen Bock! Der hat genug im Revier...«

Freiberg verzieht die Stirn und den Mund.

»Den Herrn Hofrat möchte ich nicht gern um etwas bitten.«

»Das ist vielleicht auch gar nicht notwendig!« meint die Veronika. »Und ein Gewehr läßt sich auch leicht auftreiben...«

Er muß sich erst einmal räuspern, der Herr Freiberg.

Er sieht Veronika in die Augen.

»Glauben Sie?« –

Er verläßt das Haus durch die Hintertür, lang vor Tag. Er quert den Hof, tut einige Dutzend Schritte, und der Wald nimmt ihn auf. Er folgt dem ersten Weg, der sich ihm darbietet und der Höhe zuführt. Wohin? Ganz gleich!

Er wird es denen zeigen! Als wenn es auch schon was wäre, mit dem Gewehr in den Wald zu gehen und harmlose Rehe zu schießen! Das ist das Heldentum, das Elisabeth imponiert. Aber das kann der Max auch! Abwarten!

Und wenn man ihn erwischt?

Man wird ihn nicht erwischen. Und wenn – um so besser vielleicht. Er wird eine kleine Geldstrafe bezahlen, und die Sache wird in Ordnung sein! Aber er wird Elisabeth bewiesen haben ...

Lächerlich! Es geht darum, diese junge Künstlerin dem verderblichen Einfluß einer falschen und süßlichen Romantik zu entziehen, nichts weiter ...

Als der Morgen graut, ist Freiberg schon hoch im Gebirge, weitab vom Dorf. Hier wird niemand mehr einen Schuß hören.

Er findet einen Jagdsteig, geht eilig darauf hin, das Gewehr auf der rechten Schulter, Mündung nach oben, wie er das bei den Soldaten gelernt hat.

Überall steht Wild. Hier springt ein Rehbock ab, und dort prasselt Hochwild in die Dickung. Freiberg reißt das Gewehr von der Schulter, fuchtelt mit dem Lauf in der Gegend herum, aber er kommt nicht zu Schuß. Ehe er Kimme und Korn in Übereinstimmung bringen kann, ist das Wild immer schon fort.

Anscheinend doch nicht gar so einfach ...

Er weiß nicht, daß er mit dem Wind geht, der dem Wild sein Kommen verrät, und er hört nicht den Lärm, den seine Schritte verursachen. Aber das Wild vernimmt ihn.

Dort steht ein Steinbock! Und er hat von der Annäherung Freibergs nichts wahrgenommen!

Es ist zwar kein Steinbock, sondern ein

Mufflon, aber das ist dem Freiberg gleich. Im Schuß rutscht der Widder über die Felswand, kommt auf die Läufe und flieht bergab, verschwindet im Holz.

Verblüfft sieht Freiberg ihm nach. Hat er ihn nicht getroffen? Wahrscheinlich nicht. Er geht weiter.

Jeder erfahrene Jäger hätte sogleich gesehen, daß der Widder die Kugel mitten im Leben hat. Hundert Schritte weiter bricht er zusammen, bleibt verendet liegen. In einer Stunde werden ihn Fliegenschwärme belagern, morgen wird er verludert sein.

Du bist ein Aasjäger, Max Freiberg, weißt du das?

Nein, er weiß es nicht. Er ist ahnungslos. Aber das Jagdfieber packt ihn. Und er beginnt, auf alles zu schießen, was sich regt, wäre es noch so weit, wäre es in noch so schneller Bewegung. Es knallt und es knallt.

Der Gerold traut seinen Ohren nicht. Wer schießt denn da?

Er ist im Dienst, wie immer. Und er weiß, daß außer ihm niemand im Revier ist von denen, die hier die Büchse führen dürfen. Der Hofrat ist zu Hause und der Kajetan auch.

Und wieder knallt es. Hat da einer einen Scheibenschießstand aufgemacht?

Er rafft sich auf und rennt, Bella hinter ihm. Sie keuchen bergan.

Noch ein Schuß fällt. Sie sind schon ganz nahe.

Dort ist jemand. Gerold erkennt ihn sogleich. Dieser Herr Freiberg ist es! Er beugt sich zu einem Hirsch nieder, den er soeben geschossen hat, betastet das Geweih.

Das ist ja – oh, das ist ja unser bester Hirsch!

Er bekommt einen roten Kopf, der Gerold, und das ist begreiflich, aber falsch in einer solchen Situation, in der man mehr denn je kühles Blut bewahren muß.

Er springt heran, das Gewehr in den Händen.

»Sind Sie verrückt? Was haben Sie da gemacht?«

Erschrocken wendet Freiberg sich um. Er ist ratlos, wenn auch nicht eingeschüchtert. Mit dem da wird er schon fertig werden! Der Gerold ist sehr aufgeregt.

»Und unser bester Hirsch!« schreit er. »So eine Gemeinheit!«

Freiberg steht und schweigt. Was soll er auch sagen?

»Das ist ja Wilderei! Ich zeig' Sie an...!«

Da erwacht Freiberg aus seiner Starrheit.

»Was, Sie wollen mich anzeigen? Das kann doch nicht Ihr Ernst sein...«

»Es ist meine Pflicht!«

»Aber – Herr Gerold – wir kennen uns doch! Sie wissen ja schließlich, wer ich bin...«

»Ihr Glück, sonst müßte ich Sie sofort verhaften!«

Dem Freiberg kommt das aufgeregte Gebaren des Jägers komisch vor.

»Machen Sie doch keine solche Affäre daraus! Ich habe mich eben hinreißen lassen... Tut mir leid. Ich werde die Sache bereinigen. Was kostet das?«

»Ja, glauben Sie denn, daß man so etwas mit Geld wieder gutmachen kann? Das kostet Sie ein paar Monate, Herr Freiberg, verstehen Sie? Den Zuchtwert dieses Hirsches können Sie überhaupt nicht bezahlen! Woher haben sie das Gewehr?«

Freiberg wendet sich beleidigt ab. Es ist überflüssig, daß dieser Gerold hier mit ihm herumschreit. Er findet die ganze Szene überhaupt lächerlich.

»Sie erwarten doch nicht von mir, daß ich Ihnen darauf antworte...«

»Geben Sie das Gewehr her!«

»Wieso? Das muß ich doch zurückgeben.«

Der Jäger greift nach der Waffe und nimmt sie dem anderen aus der Hand.

»Es ist beschlagnahmt.«

»Ja, aber –«

»Sie hätten sich das vorher überlegen müssen!«

»Es muß doch einen Weg geben, die Sache aus der Welt zu schaffen. Glauben Sie nicht, Herr Gerold, daß es das beste wäre, wir schweigen darüber?«

»Wie stellen Sie sich denn das vor? Was soll ich dem Herrn Hofrat sagen, und was soll mit dem Hirsch geschehen?«

Ja, das ist eine schwierige Sache!

Sie kommen nicht ins reine miteinander, die beiden. Sie stehen und sprechen hin und her, und die Gesichter sind hart und verschlossen. Es dauert eine Zeit. Dann scheint es, als wären sie einig geworden. Freiberg streckt dem Gerold die Hand hin. Aber der nimmt sie nicht.

»Ich glaube Ihnen auch so«, spricht er.

Freiberg geht. Gerold hat noch zu tun. Er bricht den Hirsch auf, zieht ihn ins Gebüsch, damit die Sonne ihn nicht bescheint. Er wird den Holzknechten sagen, daß sie den Hirsch zu Tal schaffen sollen. Der Tag ist heiß, man darf ihn nicht zu lange liegen lassen.

Gerold sieht auf die Uhr. Um elf Uhr wird Freiberg im Dorf sein und sofort abreisen. Das hat er versprochen. Nachmittag wird Gerold dem Hofrat Bericht erstatten – soweit die mit Freiberg getroffene Vereinbarung ihm das gestattet.

Hast du es richtig gemacht, Hubert?

Du bist nicht ganz sicher, nicht wahr? Und es sitzt dir ein flaues Gefühl in der Magengrube, ein ekelhaftes Gefühl. Du hast versprochen, von einer Anzeige gegen Freiberg abzusehen. Ist das nicht eine klare Verletzung deiner beschworenen Pflicht? Gewiß, das ist es. Und du hast dich verbindlich gemacht, zu niemandem von dieser Angelegenheit zu sprechen, nicht einmal zu deinem gütigen Jagdherrn. Du hintergehst ihn also. Hat er sich das um dich verdient? Nein, hundertmal nein! Ist es das, was man einen Vertrauensbruch nennt?

Aber du hast das alles für ihn getan! »Der hat uns gerade noch gefehlt!« hat der Hofrat gesagt, als Freiberg ankam. Nun, der Jäger Hubert hat gemacht, daß der Störenfried verschwindet, und zwar sofort, sang- und klanglos, ohne Aufregung und ohne Aufsehen.

Der Hofrat will Elisabeth dem Landleben zurückgewinnen, dem einfachen reinen Leben, und dem Familienbesitz, dem Vätererbe. Hubert weiß das. Durch die Dazwischenkunft dieses Freiberg war der Plan gestört, das Vorhaben gefährdet. Nun ist er fort, und der Hofrat darf sich freuen. Elisabeth wird nicht mehr dem verderblichen Einfluß dieses Mannes, dieses Landfremden, ausgesetzt sein. Sie wird hierbleiben und sich immer mehr einleben, und der Wunsch des Hofrats, das innigste Anliegen seines gütigen alten Herzens, wird in Erfüllung gehen. Ob man dafür nicht unter Umständen auch einen Zukunftshirsch opfern kann? Gewiß kann man das.

Du hast es gut gemacht, Hubert!

Aber nur keine Beschönigung. Hast du wirklich nur an den Hofrat gedacht, als du Freiberg die Zusicherung der sofortigen Abreise ohne Abschied abnahmst? So wie die Dinge jetzt liegen – das paßt dir, Hubert, das paßt dir ausgezeichnet. Der andere ist fort. Der andere ist aus dem Feld geschlagen. Und der Weg ist frei für dich.

Welcher Weg?

Der Weg zu...

Aber nein! Das wäre ein weiter Weg, ein ohnedies ungangbarer, vom Wildhüter bis zur Erbin eines Landgutes...

Er sitzt auf einem Felskopf, der Gerold, und sieht in die sonnige Waldweite. Und er überdenkt alles, was sich in diesen letzten Stunden zugetragen hat.

Dem Jagdherrn ist ein Schaden zugefügt worden, sicherlich. Aber wie immer dem auch sei: Der Schaden wird nicht behoben dadurch, daß man den Schuldigen einsperren läßt. So wenig wie er vergrößert wird dadurch, daß man dem Hofrat den Namen des Schuldigen vorenthält.

Und eigentlich – es ist halb von selbst gekommen, es hat sich alles so gefügt, und er, Hubert, hat dagegen nichts unternommen, ganz einfach.

Im übrigen aber liebe ich dich, Elisabeth, was immer auch daraus werden mag, und ich weiß, daß du mich liebst.

Und angesichts dieser Sachlage verblassen alle Bedenken...

Woher er nur das Gewehr genommen haben mag?

Du hast es achtlos auf den Rücken gehängt, Hubert. Du solltest es einmal genau ansehen! Vielleicht findet sich ein Hinweis...

Er hebt das Gewehr über den Kopf und sieht es an. Es ist eine feine gute Waffe. Und es trägt ein Monogramm!

O. L. steht da. Hubert, was sagst du dazu? O. L., das heißt Otto Leonhard, nicht wahr? Und jetzt bleibt dir das Herz stehen! Oder nicht?

Das Gewehr gehört dem Hofrat. Hat Freiberg es selber aus dem Gewehrschrank genommen in einem Augenblick, da ihn niemand beobachtete? Das ist kaum zu glauben, nein, das kann man dem Freiberg doch nicht zumuten!

Wer also hat es ihm gegeben? Der Kajetan? Ausgeschlossen! Die Paulin? Unmöglich! Also wer –

Das ist ein Vormittag der Überraschungen,

Hubert, und es ist von Vorteil, daß du gute Nerven hast.

Lange sitzt er und hält das Gewehr auf den Knien und starrt vor sich hin. Dann nickt er mit dem Kopf und ist fern jedem Frohsein.

Nett ist das! Reizend ist das, Hubert, nicht wahr? Mit dir geht sie stundenlang durch die Wälder, begeistert sich an hundert Dingen, die du ihr zeigst. Du glaubst sie verzaubert durch die zahllosen Geheimnisse und Gotteswunder, die ihr, dem Stadtkind, erstmals offenbar werden durch dich. Sie sieht dich verliebt an und läßt sich küssen von dir.

Und dann holt sie hinter dem Rücken des Großvaters ein Gewehr aus dem Schrank und spielt es dem anderen in die Hände, diesem Kerl da, dem Freiberg, damit er wildern gehen kann! Damit er, der Naturfremde, der Unwissende, der Schießer, sich vergreifen kann an dem, woran das Herz dieses gütigen alten Mannes hängt, der sie liebt.

Du hast den schweren Dienst eines Jägers im Gebirge kennengelernt, Mädchen! Du weißt heute schon um seine tausend Nöte und Ängste und Sorgen und Mühen. Und du hast sie gesehen, sie alle, die Kleinen und Großen, die Geweihten und die Ungeweihten, die Haarigen und die Gefiederten, die der Obhut des Jägers anvertraut sind und für die er verantwortlich ist. Und dann läßt du den anderen darauf los ...

Das ist Verrat, Elisabeth, das ist ein Dolchstoß in den Rücken eines Arglosen, eines Vertrauten, eines Freundes!

Elisabeth, es ist Schluß mit uns beiden, Elisabeth! Du bist doch eine Fremde, das sehe ich jetzt, und du liebst nicht mich, sondern ihn!

Wozu also war das ganze Theater? Warum ist Freiberg jetzt eigentlich abgereist? Es ist völlig sinnlos! Bei dieser Lage der Dinge hätte er ruhig hierbleiben oder Elisabeth gleich mitnehmen können, ganz egal ...

Soll man ihn nicht dennoch anzeigen? Das wäre gegen die Vereinbarung. Und außerdem: Man könnte in den Verdacht kleinlicher, gehässiger Eifersucht kommen.

Kränkst du dich, Hubert? Ach, was kann dich schon kränken! Du hast schon Schlimmeres erlebt, nicht wahr?

Sie liebt dich nicht. Das ist jetzt klar bewiesen. Aber das tut nichts. Sie ist eine Abwegige, und sie paßt nicht zu dir.

Auch du liebst sie nicht mehr, nicht wahr?

Das ist leicht gesagt ...

Ach was! Über kurz oder lang wird Elisabeth ihrem geliebten Max nachfolgen in die Stadt, um vielleicht nicht mehr wiederzukommen, und man wird in Hochmoos wieder allein sein, wie immer.

Wenn aber nicht?

Dann will Hubert nicht länger hier bleiben . . .

Die Paulin ist ins Dorf gegangen. Sie hat Besorgungen. Es dauert länger, als sie gedacht hat, und wie sie heimkehrt, sitzt der Herr Hofrat schon beim Gartentisch, ein Buch in der Hand, und wartet auf den Nachmittagskaffee.

Das ist peinlich, aber nicht zu ändern. Sie wird sich beeilen! Im übrigen – sie hat etwas anderes für ihn als nur Kaffee, den er sowieso jeden Tag bekommt, etwas Besseres! Eine Nachricht, eine sensationelle Nachricht! Und sollte sie das nicht oder nicht in so hohem Grade sein, so kann damit dennoch die Verspätung überbrückt werden . . .

Und eilenden Schrittes kommt sie, begierig, das Neue an den Mann zu bringen. Sie reicht dem Hofrat die Post. Er nickt nur.

»Herr Hofrat!« spricht sie, und die Lust an der Mitteilung zittert in ihr. »Es muß etwas gegeben haben – mit dem Herrn Freiberg! Die halbe Nacht war er fort – und den halben Tag. Dann hat er gepackt und ist mit dem Auto abgefahren. Nicht einmal verabschiedet hat er sich von unserem Fräulein . . .«

Der Hofrat sieht nur halb auf, und seine Miene läßt nicht erkennen, was er denkt.

»So«, sagt er dann, »sieht ihm ähnlich.«

Das ist alles, und das ist wenig. Die Paulin ist enttäuscht, daß ihre Mitteilung so geringen Eindruck gemacht hat. Sie geht.

Aber sie hat gar keinen so geringen Eindruck gemacht. Der Hofrat liest nicht mehr. Er denkt nach.

Ohne Abschied abgereist. Soll das heißen, daß er kapituliert? Daß er, der Hofrat, gewonnen hat? Das wäre schön!

Er lächelt, der Hofrat, er ist froh. Da hört er Schritte hinter sich. Der Gerold ist es. Er kommt vom Berg, man sieht es, müde, staubig, Schweißperlen auf der Stirn.

Der Hofrat begrüßt ihn zuerst. Er ist aufge-räumt.

»Na, Gerold, was gibt es Neues im Revier? Haben Sie einen guten Hirsch gesehen?«

Der Gerold antwortet nicht sogleich. Da steht er und sieht den Hofrat an eine Weile. Was hat er denn?

»Leider ja, Herr Hofrat«, spricht er dann, und sein seltsamer, vielleicht verstörter Blick steht leer im Gesicht seines Jagdherrn. Der wacht plötzlich auf von dieser Antwort und von diesem Blick.

»Wieso leider?«

»Unser bester Zukunftshirsch liegt verendet am Löscherberg.«

Jetzt muß er aufstehen, der Hofrat. Er sieht dem Gerold ins Gesicht. Er kann es noch nicht glauben.

»Wie? Der Jockel?«

Der Gerold sieht zur Seite und nickt nur.

»Himmel –!« Beinahe hätte er jetzt geflucht, der Hofrat, und das will etwas heißen. Aber er hält an sich. »Daß es immer gerade die besten Zukunftshirsche sind, die dran glauben müssen!« Er schüttelt verärgert den Kopf. Dann, nach einer Weile nachdenklichen Schweigens, fragt er:

»Ist er – ist er am Ende gewildert worden?«

Er sieht dem Jäger gespannt ins Gesicht. Aber der schaut nicht her und schweigt.

»Warum reden Sie nicht?«

Jetzt sieht der Gerold seinen Jagdherrn an mit dem ganzen offenen und warmen Blick, der ihm eigen ist. Stockend sagt er etwas, das der Hofrat nicht erwartet und das er nicht verstehen wird, nicht sogleich verstehen wird.

»Herr Hofrat, Sie kennen mich jetzt schon lange genug, und ich darf wohl annehmen, daß ich Ihr Vertrauen besitze. Bitte, erlassen Sie mir dieses eine Mal die Antwort!«

Der Hofrat ist außerhalb allen Verstehens. Er schwimmt.

»Das ist aber sehr viel verlangt, mein lieber Gerold!« Es ist selbstverständlich, daß er ihm diese Bitte nicht erfüllen kann, der Hofrat. Nein, er hat Anspruch darauf, alles zu wissen, und sein Jäger ist verpflichtet, ihm genau zu berichten. Also!

»Erklären Sie mir, was hat es gegeben?«

Er schweigt wieder, der Gerold, und das macht den Hofrat allmählich nervös. Zum Donnerwetter!

»Wenn Sie darauf bestehen, Herr Hofrat, so wird mir nichts anderes übrigbleiben, als um meine Entlassung zu bitten.«

»Entlassung?« Der Hofrat glaubt, nicht recht gehört zu haben. Ist der Gerold verrückt geworden? Ist er am Ende – betrunken? Das war er noch nicht bisher ... Aber nein, er ist nicht betrunken. Jetzt aber Schluß mit dieser lächerlichen Auseinandersetzung! Er will Klarheit haben! Er richtet sich auf. Jetzt ist er nur noch Herr.

»Dann muß ich erst recht auf Ihrem Bericht bestehen!«

Jetzt richtet sich auch der Gerold auf, sieht dem Hofrat in die Augen, traurig, aber fest.

»Herr Hofrat, ich habe keinen zu erstatten.«

So geht es also nicht. Der Hofrat tritt an ihn heran, legt ihm die Hand auf die Schulter. Es ist eine Freundeshand.

»Gerold! Das ist doch nicht Ihr letztes Wort!«

Aber der Jäger läßt sich nicht weich machen. Er sieht starr geradeaus.

»Doch, Herr Hofrat!«

Der Hofrat ist erschüttert. So etwas hätte er sich nicht träumen lassen...

»Sollen wir so auseinandergehen?«

Die Betroffenheit des alten Herrn geht dem Gerold nahe. Aber er steht wie abwesend. Es ist, als hätte eine hohe Mauer sich um ihn geschlossen, die er nicht zu übersteigen vermag. Er schweigt.

Nach einer Weile des Wartens geht der Hofrat langsam an den Tisch zurück, setzt sich, greift nach seinem Buch. Seine Stimme ist sachlich, klar, und was er sagt, duldet keine Widerrede.

»Dann kann ich Ihnen nicht helfen. Bis Ende des Monats haben Sie noch Ihren Dienst zu machen. Danke!«

Die Tage sind voll Sommerseligkeit, die Wälder duften. Nur das Haus des Hofrats Leonhard scheint im Schatten zu liegen.

Die Paulin und der Kajetan spüren das. Mürrisch und mit sich selbst räsonierend versieht die alte Wirtschafterin ihre Pflichten, verdrossen und schweigsam tut der Kajetan seine Arbeit. So innig verbunden sind sie mit ihrem Herrn, daß seine

Verstimmung sich unwillkürlich auf sie überträgt und ihnen die Herzen schwermacht.

Seit vielen Tagen steht das alte Cembalo unberührt. Der alte Herr geht ruhelos umher, im Haus, in der Wirtschaft, er weiß mit sich selbst nichts Rechtes anzufangen. Um so mehr sucht er die Gesellschaft seiner Enkelin.

Aber die Helle, die vom Wesen des Mädchens ausging, ist erloschen. Elisabeth ist noch da, gewiß, und sie ist doch abwesend. Sie lacht nicht mehr. Im Beisammensein bei Tisch oder beim Spaziergang bemühen sich beide um ein freundliches, unbeschwertes Gespräch. Aber es klingt herbeigeholt und ist von kurzem Atem. Nach wenigen Sätzen erstickt es. Dann schweigen sie einander an, und schließlich geht jedes seiner Wege.

Auch der Elisabeth hat die Paulin selbstverständlich erzählt, was sie über Freibergs Abreise erfahren: daß er von einer Bergpartie heimgekehrt und sofort abgereist wäre.

Elisabeth kann sich das nicht erklären. Mit keinem Wort hat er die Tage vorher eine solche Möglichkeit berührt. Hat er im Gebirge Hubert getroffen? Ist es zwischen den beiden Männern zu einer Auseinandersetzung gekommen? Hubert wird ihr sicher alles erzählen, früher oder später...

Aber Hubert kommt nicht. Elisabeths anfäng-
liche Regung der Freude über Maxens Abreise ist
gewichen angesichts des Umstandes, daß Hubert
sich seither von ihr fernzuhalten scheint. Man
sieht ihn kaum noch. Er besucht auch den Großvater nicht mehr so regelmäßig wie früher...

Ach, eine drückende, graue Wolke liegt auf allen
Gemütern.

Gerold versieht weiter seinen Dienst, unverdrossen und gewissenhaft. Der wildernde Hund
macht ihm zu schaffen. Er kommt immer wieder,
und fast jeden zweiten Tag findet der Jäger die
Reste seiner Jagd: heute ein Reh, gerissen und halb
gefressen, übermorgen einen Hasen; dann wieder
ein Reh, das der Wilderer zwar nicht erwischte,
das aber in seiner Angst einen Baum anfloh und
das Genick brach. So geht das fort.

Tag und Nacht ist Gerold draußen. Er versucht,
nach den Spuren, die er fand, den Weg zu
enträtseln, den der Hund regelmäßig nimmt. Er
sitzt und lauert, einmal hier, einmal dort, aber
ohne Erfolg.

Dann hört er irgendwo wieder den jauchzenden
Hetzlaut und rennt hin, was er kann. Aber ehe
er ankommt, ist der Hund weg, und das Opfer
liegt da mit zerrissenen Gedärmen. Es ist zum
Verzweifeln!

Gerold ist unterwegs. Er hat nicht mehr den

alten frohen Schritt, und sein Herz pocht ihm etwas ruhiger seit kurzem. Langsam steigt er zu Berg und muß immer wieder stehenbleiben. Der Tag ist heiß.

Plötzlich ist das keifende Bellen wieder da, das ihn nun schon bis in seine Träume verfolgt. Und brechende, prasselnde Flucht in der Dickung, lauter Schreckruf der Rehe.

Er hat schon das Gewehr in der Hand, der Gerold, um zu rennen, um zu springen, wie schon so oft. Aber das ist gar nicht notwendig diesmal. Denn die Jagd kommt näher, ja, sie kommt auf ihn zu, so daß er nur noch Zeit hat, hinter einen deckenden Busch zu springen, damit der Hund ihn nicht erspähe!

Dann flieht ein Reh vorbei und noch eines und ein drittes. Und schon ist der Hund da, ein schöner großer Schäferhund, springt dem Wild an die Drossel, verbeißt sich darin, so daß beide stürzen und sich einige Male überschlagen. Grell schreit das Reh in seiner Todesangst. Gerold steht und weiß erst nicht, wohin er schießen soll in diesem bewegten Durcheinander. Da hat er den Hund frei für einen Augenblick. Im Knall reißt es ihn hoch. Dann bricht er verendend zusammen. Das Reh aber hat sich aufgerafft, gerettet im letzten Augenblick, flieht Hals über Kopf, taucht in die Dickung.

Der Gerold steht und wischt sich die Stirn. Er kann's noch gar nicht fassen. Er atmet tief und schnell. Er hat es geschafft. Lange genug hat er dazu gebraucht! Zehn Rehe hat dieser Hund auf dem Gewissen, mindestens, von den Hasen gar nicht zu reden.

Er geht hin, langsam, mit steifen Beinen. Da liegt er. Rolf ist es. Gerold hat es längst vermutet. Nun erkennt er ihn. Das Revier ist erlöst. Das Wild wird Ruhe haben von da an.

Ein schöner Erfolg, Hubert, ein für die Wohlfahrt der Wildbahn entscheidender Erfolg!

Gut. Aber – Rolf ist es ...

Na – und wenn schon! Man hat nur seine Pflicht getan. Man wird es dem Hofrat melden. Aus. Was noch?

Wer hätte sich gedacht, daß du so lang hierbleiben würdest, Elisabeth? Nicht einmal du selbst! Im Spätwinter kamst du, als noch Schnee auf den Bergen lag. Das Frühjahr ging hin, und jetzt ist der junge Sommer da mit Lindendüften und weißen Wolkentürmen, die in den blauen Himmel ragen ...

Was hat sich doch alles zugetragen! Dein Arbeitstisch im Atelier ist verwaist seit langer Zeit, und Max ist weggefahren, ohne sich zu verabschieden. Du hast ein ungutes Gefühl seinetwegen. Ist er gekränkt? Ist er böse? Er schrieb nicht seither. Warum aber schriebst du nicht selbst?

Ach –! Es ist eine Zeit der Unentschlossenheit, der Unausgesprochenheiten, der Mißverständnisse. Und du kannst dich nicht aufraffen, etwas zu tun, ein klares Wort zu reden. Zu wem? Zum Großvater, der mürrisch und verstimmt ist, niemand weiß, warum. Zum Kajetan, der vielleicht etwas wüßte, aber sich auch immer nur scheu um dich herumdrückt. Komisch sind die Leute geworden.

Es ist eine trübe Stimmung über allem. Wann hat das eigentlich angefangen?

Und zu Hubert. Aber der – ach, der! Der läßt sich nicht mehr sehen!

Nein, man soll sich wirklich nicht einlassen mit solchen Leuten, die einem fremd sind in ihrem ganzen Fühlen und Denken. Es ist doch eine völlig andere Welt, eine unverständliche, für dich unverständliche...

Da sitzt du nun am Teichufer und zeichnest und zeichnest, ein Blatt nach dem andern. Wozu eigentlich? Nur, um die Zeit totzuschlagen. Ob es nicht doch vernünftiger wäre, die Zelte abzubrechen und heimzufahren, endlich wieder einer geregelten Arbeit nachzugehen? Arbeit, ja, das ist das einzige, das hilft in solchen Situationen, in solchen Stimmungen.

Ach, da ist er ja, der Hubert! Dort geht er, mit Hund und Gewehr. Sicher wird er vorübergehen und nicht hersehen, so wie er sich das seit einiger Zeit angewöhnt hat. Naja ...!

Aber nein, er geht nicht vorbei. Er sieht her und er kommt. Nun ist er da. Und scheint das rechte Wort nicht zu finden.

Elisabeth sieht ihn an. Sie kann ihm nicht böse sein, trotz allem.

»Hubert! Daß man dich wieder einmal sieht!«

»Ja –« sagt er, sonst nichts. Was soll er auch sagen?

»Seit Max verschwunden ist, gehst du mir ja aus dem Weg!«

Ach, er weiß genau, weshalb er hergekommen ist und was er zu sagen hat, er weiß es. Man sieht es ihm an, und auch Elisabeth erkennt es in diesem Augenblick. Was will er? Er ist erregt ...

»Bitte, laß das!« sagt er. »Ich hab' dir leider etwas sehr Bedauerliches mitzuteilen ...«

Ist etwas geschehen? Etwas Böses? Der Groß-vater ...

»Ja?« sagst du jetzt, und du bist beunruhigt, Elisabeth, nicht wahr?

»Rolf hat soeben eine Rehgeiß gerissen.«

»Rolf? Das gibt's doch nicht!«

»Er ist der wildernde Hund, dem wir seit Monaten nachstellen.«

„Nein! Man darf ihn nicht mehr fortlassen..."

Was zögerst du noch, Hubert, es muß gesagt werden...

»Ich habe ihn erschossen.«

»Das ist nicht wahr!« Sie ist aufgesprungen, die Elisabeth, daß die Zeichenblätter davonflattern.

»Ich hab' dich oft davor gewarnt, ihn frei herumlaufen zu lassen...«

Das ist doch nicht möglich! Das ist doch alles nicht wahr! Ein Witz, eine Farce, eine Irreführung! Was will er denn eigentlich von ihr, der Hubert? Aber der steht da voll Entschlossenheit, voll Verbissenheit. Da stimmt es wohl alles, da stimmt es wohl...

»Du hast gewußt, wie sehr ich an dem Hund hänge! Warum hast du ihn nicht geschont?«

»Verzeih! Aber – es gab keine andere Möglichkeit. Ich konnte nicht untätig zusehen, als er das Reh packte. Und überhaupt – der hätte wohl immer wieder den Weg in den Wald gefunden, selbst wenn man ihn besser beaufsichtigt hätte. Ein Hund, dem das Wildern im Blut sitzt, der läßt es nicht mehr. Glaub mir, es ist am besten so. Wir haben uns damit nur endlosen Ärger und Unannehmlichkeiten erspart, uns allen und dem Wild...«

Du spürst, daß er recht hat, Elisabeth, nicht

wahr? Du weißt das sehr gut. Aber du willst nicht, daß er recht hat. Du willst es nicht. Und darum mußt du jetzt etwas sagen, das ihn verletzt, obwohl du weißt, daß es nicht stimmt.

»Was für ein gefühlsroher Mensch du bist!«

»Du tust mir unrecht, Liesl...«

Ja, das weiß sie, die Liesl. Das will sie aber in diesem Augenblick. Sie schneidet ihm das Wort ab, sie dreht ihm den Rücken.

»Ach, ich glaub' dir kein Wort! Ein Mensch, der einem plötzlich ausweicht, hat kein reines Gewissen!«

»Das ist doch Unsinn!«

Jetzt wendet sie sich ihm wieder zu.

»Bitte! Dann sag mir, was zwischen dir und Max vorgefallen ist!«

»Darüber kann ich nicht sprechen!«

»Siehst du! Damit versperrst du ein für allemal den Weg zu einer Verständigung.«

Ja, da steht er nun, und es sieht aus, als wäre er hilflos, als suchte er nach einem Rat bei dir, Elisabeth, in deinem Gesicht, in deinen Augen. Es sind gute Augen, die dich ansehen, Elisabeth. Es sind dieselben Augen, die du kennst. Sie haben sich nicht geändert. Vielleicht solltest du doch anders mit ihm sprechen! Er würde es verdienen! Vielleicht braucht er es, vielleicht wartet er darauf, und du verwehrst ihm das gute Wort ...

»Wenn du wüßtest, wie sehr ich in den letzten Tagen darauf gewartet habe, daß du kommst! Warum erklärst du mir nicht alles?«

Er bleibt unzugänglich, trotzdem. Er bleibt verstockt, er will nicht. Na, denn nicht!

»Weil es Dinge gibt, über die man nicht sprechen kann und nicht sprechen darf! Wie soll ich dir das nur begreiflich machen?«

»Schade! Da ist ja dann jedes weitere Wort sinnlos.«

Da steht er nun, und sie geht, läßt ihn allein. Ja, Hubert, so ist das eben manchmal im Leben, da kann man nichts machen!

Nein, das ist eine fremde Welt, Elisabeth! Das sind andere Menschen, die du nicht verstehst und von denen du niemals verstanden werden wirst. Sinnlos, dein Leben verpflanzen zu wollen, plötzlich, aus einer Laune dieses alten Herrn heraus!

Du gehörst nicht hierher, Elisabeth! Wie konntest du nur glauben, hier jemals heimisch werden zu können?

Jetzt hat man dir die Quittung gegeben für deine Gutgläubigkeit. Kind, das du bist! Einfältiges, vertrauensseliges Kind!

Als der Hofrat von einem kleinen Rundgang

durch die Wirtschaft und durch das Dorf heimkehrt und Hut und Stock an den Haken hängt,
hört er die Stiege knarren.

»Ja, Liesl, was willst du denn mit den Kof-
fern?«

Da steht sie nun vor ihm wie ein ertapptes Kind,
anstatt wie ein erwachsener Mensch, der sie doch
ist. Aber nein, sie will sich nicht unterjochen, sie
kann sich nicht überreden lassen, schon gar nicht,
wenn man es so von hintenherum versucht...

Tut sie ihm nicht unrecht, dem Großvater? Ach
was!

»Ich halte es hier nicht mehr aus!« stößt sie
hervor. Sie hat die Lippen aufgeworfen und ein
böses Gesicht.

Der Hofrat ist wie vor den Kopf geschlagen. Da
kenne sich einer mit diesen jungen Menschen von
heute aus!

»Was? Auf einmal?«

»Du weißt doch, Großpapa, Gerold hat den
Rolf erschossen.«

»Ja, weil er gewildert hat!«

»Nein! Er hat den Hund nie leiden können, weil
er ein Geschenk von Max war!«

Was so ein dummes Mädel sich für einen
Unsinn zusammenspinnt in seiner Gekränktheit!
Als ob der Gerold... Lächerlich!

»Hör einmal, Liesl! Ich verstehe, daß dir um

den Hund leid ist. Aber der Gerold hat nur getan, was jeder Jäger in einer solchen Situation tun muß. So! Jetzt stell erst einmal deine Koffer ab und denke ruhig darüber nach!«

Widerstrebend stellst du die Koffer ab, Mädchen, aber nicht, weil du anderen Sinnes geworden bist, o nein, das soll der gute alte Herr ja nicht glauben, sondern nur, weil sie schwer sind.

»Das habe ich schon, Großpapa.«

Er kommt ganz nahe an seine Enkelin heran, der Hofrat, und sein Blick übergießt sie mit dem ganzen warmen Strom seiner rührenden Liebe und Sorge.

»Spürst du denn nicht, wie gut wir alle es mit dir meinen?«

Du spürst diesen Strom, nicht wahr, Elisabeth, und das ist gefährlich für deine Entschlüsse! Du mußt dich wappnen, Elisabeth, um nicht schwankend zu werden, und du mußt jetzt heftiger und trotziger antworten, als dir im Herzen zumute ist... obwohl du weißt, wie sehr du den alten Mann damit verletzt!

»Was heißt gut mit mir meinen! Ihr denkt alle nur an euch! Es muß alles nach eurem Kopf gehen!«

Mach mich nicht zornig, Mädchen, denn – wenn ich auch ein alter Mann bin – ich könnte ungerecht werden, obwohl ich das nicht will!

„Das sind doch alles nur Einbildungen und Phrasen! Sei vernünftig!«

Er war nicht mehr ganz sachlich, der Hofrat, und das macht es dir leicht, Elisabeth, ihm weh-zutun... Und nun nimmst du wieder die Koffer auf, um zu gehen.

»Vernünftig! Mit Vernunft kann man nieman-den festhalten!«

Das war ein Schlag ins Gesicht, Liesl, in dieses gute alte Gesicht. Ist dir das bewußt? Es ist ganz rot geworden, dieses Gesicht. Und er spricht sehr laut jetzt, der Hofrat, lauter als nötig...

»Da hast du recht! Bitte – tue, was du für richtig hältst!«

Und damit geht er.

Fort ist er, als fürchtete er, sich noch mehr hinreißen zu lassen. Nun ist er gegangen, wo doch du gehen wolltest!

Ja, da ist nun nichts mehr zu ändern.

Bleibt nur noch, das Gewehr heimlich wieder in den Schrank des Hofrats zu stellen, ehe er merkt, daß es fehlt.

Er schleicht sich ins Haus, der Gerold. Er huscht über den Gang, öffnet vorsichtig die Tür zum Wohnzimmer. Dort steht der Gewehr-schrank. Er ist heran. Er öffnet ihn und will schnell die Büchse hineinstellen.

Da ist aber kein Platz frei. Da stehen sie alle, die Gewehre seines Herrn, in Reih und Glied, vom Kajetan gepflegt und geölt, mit dem blitzenden Monogramm auf den Schäften: »O. L.«.

Wohin gehört denn dieses dann? »O. L.« steht darauf, so wie auf jenen. Aber dieses Monogramm ist anders ...

Schnell schließt er den Schrank wieder. Man darf ihn nicht ertappen. Er verläßt den Raum und das Haus, unklarer Gedanken voll. Was für ein Gewehr ist es denn, das er dem Freiberg abgenommen und das er nun wieder mitnehmen muß, weil es im Hause seines Jagdherrn anscheinend gar nicht fehlt?

O. L. – O. L.! Wer heißt hier noch O. L.? Oder heißt er etwa L. O.? Das wäre möglich!

Streng den Kopf an, Hubert, es ist nicht schwer, den Faden zu finden, der aus dem Irrgarten hinausführt.

Nein, es ist nicht schwer.

Und er findet ihn bald danach, den Faden. Er nimmt ihn auf und geht ihm nach ...

Gut, daß die Wirtsstube leer ist. Die Vroni steht an der Schank und wäscht Gläser. Sie ist erfreut, als sie Hubert eintreten sieht. Er gefällt ihr ja doch, trotz allem! Und nun kommt er gar noch ganz dicht an sie heran und spricht, und seine Stimme hat einen gedämpften, geheimnisvollen Ton, als hätte er ihr etwas zu sagen, das niemand anderer hören soll...

»Können wir ein paar Worte miteinander sprechen, Vroni?«

Neugierig ist sie sowieso immer, die Veronika. Jetzt aber springt ihr plötzlich das Herz in den Hals. Warum eigentlich?

»Ja, gern«, sagt sie unsicher.

Der Gerold geht schnell durch die Gaststube, wirft einen Blick ins Extrazimmer. Die Veronika läßt die Arbeit, wischt die Hände an der Schürze ab.

»Ist niemand da?« fragt er.

»Nein, gar niemand. Möcht' es dich stören?«

Da ist er wieder herangekommen.

»Es geht nur uns beide an.«

Die Vroni ist wieder gefaßt. Sie sieht den Dingen ins Auge. Und sie ist wieder spöttisch, wie immer.

»Was es doch für Überraschungen gibt!« sagt sie und lächelt kokett.

Er ist so ernst, der Jäger.

»Sag, Vroni, geht dir nichts ab in der letzten Zeit?«

Was will er? Hat sie etwas verloren? Sie greift unwillkürlich nach der Halskette, aber die ist am Platz.

„Nicht daß ich wüßte«, sagt sie zögernd.

»Wie heißt denn dein Vater eigentlich mit dem Vornamen?«

»Na Leopold! Das weißt du nicht?«

Er schmunzelt, der Gerold. Er war noch nicht ganz sicher, bis zu diesem Augenblick. Jetzt weiß er es.

»Welch ein Zufall! Er hat also dieselben Anfangsbuchstaben wie der Herr Hofrat. O. L. oder eigentlich L. O.«

Jetzt erschrickt sie aber, die Veronika.

»Das Gewehr! Um Gottes willen, laß dir erklären —«

»Brauchst nichts mehr zu reden, Vroni! Stell es hin, wo es hingehört! Ein andermal könnt' es schief ausgehen!«

Er ist ja doch ein feiner Kerl, der Hubert, nicht wahr?

Ein guter Kerl! Jetzt dämmert es dir plötzlich, Veronika, wovor er dich bewahrt hat. Er ist schon an der Tür.

»Da muß ich dir ja herzlich ›dank schön‹ sagen!«

»Ist nicht nötig!« meint er und ist draußen. —

Du hast der Liesl unrecht getan, Hubert! Es ist ja alles ganz anders. Und jetzt schämst du dich beinahe vor dir selbst, daß du sie so verdächtigen konntest, nicht wahr? Aber es sprach alles gegen sie, alles – sogar das Monogramm auf dem Büchsenschaft...

Ach, du wirst es wieder gutmachen, ja, alles wird wieder gut werden. Alles? Du wirst vor sie hintreten und sagen –

– Und sagen –

Was? Ach, das wird sich finden!

Er rennt, der Hubert, er hat es eilig. Er kommt zum Haus, er trifft die Paulin im Flur und fragt nach Elisabeth.

»Das Fräulein?« fragt die Paulin zurück, erstaunt, daß er es nicht weiß...

Das Fräulein ist abgereist, jawohl, vor zwei Stunden, mit Sack und Pack, fort, in die Stadt, und sie kommt nicht mehr. Nicht mehr.

So ist das. –

Der Kajetan ist schlecht gelaunt, schon seit ein paar Tagen. Er weiß selbst nicht recht, warum. Es liegt in der Luft. Über den Bergen im Westen lastet schwer und schwarzblau ein Unwetter, und es findet den zündenden Funken nicht, um sich zu entladen. Das spürt der Kajetan. Und es ist ungute Stimmung im Haus. Der Hofrat geht umher mit einem Gesicht wie Sauerkraut, schimpft mit der Paulin, was er sonst nie tut.

Und jetzt hat der Kajetan entdeckt, daß ihm zwei Fuchseisen, auf die er vergessen hatte, ganz verrostet und beinahe unbrauchbar geworden sind. Das wäre an sich nicht so schlimm, das mit den Fuchseisen, aber eins zum andern, nicht wahr?

Da sitzt er nun auf dem Hof und putzt seine Eisen und feilt und klopft daran herum. Es ist eine Ludersarbeit. Und die Sonne sticht.

Nein, es ist alles schiefgewickelt heute!

Jetzt kommt der Hubert über den Hof und macht so ein dummes Gesicht, das allein den Kajetan schon ärgern kann.

»Du weißt dir auch immer eine Arbeit!« spricht er lächelnd.

Er setzt sich zu dem Alten. Der Kajetan brummt nur etwas.

»Ich hab' eine Neuigkeit für dich, Kajetan.«

Bin nicht neugierig, hätte der Kajetan jetzt beinahe gesagt, aber so unfreundlich will er nicht sein. Was wird der Hubert ihm schon zu sagen haben? Sicher nichts Gutes!

»Ich bin entlassen.«

Jetzt muß der Kajetan dennoch zu feilen aufhören und den Kopf heben.

»Mach keine dummen Witz'!« faucht er. »Dazu bin ich heut nicht aufgelegt!«

Der Gerold atmet einmal tief und blinzt gegen den Himmel.

»Es ist Ernst. Mit Ende des Monats geh' ich.«

Jetzt reißt dem Kajetan aber doch die Geduld. Er läßt das Eisen zu Boden klirren, stemmt die Hände in die Hüften.

»Ja, fix sakra! Sind denn alle narrisch geworden? Unser Fräulein fahrt plötzlich fort ohne einen Abschied, mit dem Hofrat kannst schon tagelang nichts mehr reden, und jetzt kommst du auch noch daher! Was ist denn geschehen?«

Das ist die immer wiederkehrende Frage. Der Hofrat stellte sie, die Liesl stellte sie, und jetzt stellt sie der Kajetan. Was soll man darauf antworten?

»Das kann ich dir nicht sagen, Kajetan. Wahrscheinlich liegt es an mir.«

Der Kajetan hat das Eisen aufgehoben und wägt es in der Hand. Aber er kann sich noch nicht entschließen, weiterzuarbeiten. Er sieht an Hubert vorbei.

»Hast wieder einmal mit dem Kopf durch die Wand müssen, was? So einen wie den Hofrat findest ja nicht mehr! Wo willst denn jetzt hin?«

»Das weiß ich noch gar nicht. Kannst mir vielleicht einen Rat geben?«

Jetzt wirft der Kajetan das Eisen endgültig unter die Bank und die Feile hinterher. Er steht auf. In der blaugrauen Wolkenbank im Westen hat es geblitzt, endlich! Er ist zornig, der Kajetan. Da soll doch das Wetter...! Er sieht schnell gegen den Himmel und leistet im stillen Abbitte. Nein, doch lieber nicht!

»Grad jetzt, wo das große Gamsriegeln vor der Tür steht! Wer soll es denn machen?«

»Da wird sich schon jemand finden, Kajetan!« –

Es soll niemand glauben, daß die Felsenwege der Gemsen ein Ungefähr sind, eine Willkür, ein Wagnis, abhängig von den Launen des Berges oder der Kletternden! Sie haben ihre Straßen, die so alt sind wie der Berg selber; Straßen, die in beiden Richtungen benutzt werden können und andere, die nur für den Auf- oder Abstieg geeignet sind. Die Tritte, die der Fels bietet, sind glatt poliert von tausend Gemsenfüßen, die darüber hinweggingen in Jahrtausenden, und jeder Fuß hat seinen Tritt.

Es geht nicht an, daß ein Felsvorsprung, der dem linken Vorderfuß bestimmt ist, von einem anderen Fuß betreten wird. Der Gang durch die Wände ist wie ein nach unverbrüchlichen Gesetzen fortschreitender Tanz, der jeden an der gleichen Stelle zur gleichen Bewegung zwingt; ein unerbittlicher Tanz. Wer gegen seine Regeln verstößt, stürzt in den Abgrund ...

Wer das große Gamsriegeln zum guten Erfolg führen will, der muß diese Wege kennen. Das ist nicht so einfach wie bei der Hasenjagd, wo man die Schützen hier aufstellt und die Treiber dort und dann frischauf zum fröhlichen Jagen!

Hier ist das ganz anders. Man muß den Berg kennen. Der Berg ist ein Buch mit sieben Siegeln, und nur wenige sind, die das siebente zu lösen wissen. Man muß die Gesetze des Windes kennen. Da steigt er auf über heißen Fels, fällt dort hinab über die schattig-kühle Wand; wird wieder hochgerissen an der nächsten sonneatmenden Halde, kommt von oben her in einen Kessel und kreiselt langsam zu Boden...

Jahreszeit und Tageszeit, Wind und Wetter, die heimlichen Wege des scheuen Wildes, seine Gewohnheiten, seine berechenbaren und unberechenbaren Reaktionen – sie alle müssen eingesetzt werden in den großen Plan der Jagd, wenn die Rechnung aufgehen soll.

Man muß wissen, wo die Schützen postiert werden müssen und um welche Zeit. Man muß wissen, auf welchen Wegen die Treiber unbemerkt aufsteigen, wie sie sich aufstellen und wann und wie sie sich vorwärtsbewegen sollen. Und man muß die Einwehrer richtig verteilen, die nichts zu tun haben, als bestimmte, wohlausgeklügelte Punkte zu besetzen, um die Flucht des Wildes zu hemmen oder zu beschleunigen; die von weitem sichtbar auf dem Kamm stehen oder hinter einem Felsen verborgen lauern müssen, um das herankommende Wild im letzten Augenblick zu erschrecken und in eine bestimmte Richtung zu lenken...

Nein, das ist nicht einfach und eine Wissenschaft für sich, die man nicht erwirbt auf einigen Spaziergängen im Berg, sondern in einem langen reichen Jägerleben, wie der Kajetan es hinter sich hat.

Der Kajetan, ja, der weiß das alles, und in früheren Jahren hat er die Gamsriegler geführt. Heute aber ist er alt, und er kann nicht mehr so gut steigen wie die Jungen, die über die Felsen und Wände springen wie die Gams selber! Nein, der Kajetan kann das nicht mehr.

Aber den Hubert hat er eingeweiht. Er hat ihm die Geheimnisse und Besonderheiten seines Bergreviers enthüllt auf hundert gemeinsamen Gängen. Der Hubert weiß Bescheid, beinah so gut wie der alte Kajetan. Aber der Hubert, der ist ja nun weg, nicht wahr? Wer also soll den Gamsriegler anführen?

Es ist eine ärgerliche Geschichte, und der Hofrat ärgert sich täglich darüber und der Kajetan noch mehr. Dabei sind die Gäste schon geladen!

Bleibt keiner übrig als der Erblehner! Dem Kajetan paßt es gar nicht, daß der Förster diesmal in seine Fußtapfen treten soll, der leichtsinnige junge Kerl, der zwar auch ab und zu jagen geht, aber doch nur ein Holzwurm zu sein scheint. Es ist schon so, wie der Kajetan sich das zurechtgelegt und wie die Erfahrung seines Lebens es vielfach bestätigt hat: Was kein rechter Waidmann ist, das ist auch kein rechter Forstmann, da kann man sagen, was man will!

Sie sitzen und beraten, die beiden Alten, der Hofrat und der Kajetan. Tja – sie werden es also doch mit dem Erblehner versuchen müssen. Der Kajetan geht mit ihm hinaus, dreimal, fünfmal. Sie sitzen und schauen durch die Gläser, und der Alte zeigt dem Jungen die Einstände, die Wechsel, die Zwangspässe. Er verrät ihm, wie der Wind geht vor neun Uhr und nach neun Uhr, zu Mittag und am Nachmittag. Aber wenn die Sonne hinter Wolken verschwindet oder wenn es Ostwind gibt, so ändert sich das alles wieder, das ist die Schwierigkeit!

Er zeigt ihm, wo er die Treiber heranführen und wie er sie aufstellen muß. Und sie bereiten die Schützenstände vor. Aber was hilft das alles! Sie müßten noch zehnmal miteinander zu Berg steigen, und dennoch wüßte der Erblehner nicht alles! Dabei ist übermorgen die Jagd! Ach, es ist ein Kreuz!

Für den Erblehner freilich ist gerade diese Jagd sehr wichtig. Denn die Vroni, die das Kind ihres Vaters ist, erachtet den Nachweis eines guten Jägertums als Probe der Männlichkeit schlechthin und damit der Liebewürdigkeit. Das muß man wissen! Und der Vroni möchte der Erblehner zeigen, daß er was kann! Nicht nur, daß er was kann, sondern daß er sogar den großen Gamsriegler einzurichten und anzuführen weiß, der alle Jahre nur einmal und wie ein großes Fest ist, das die besten und erfahrensten Jäger vereinigt! Das ist eine große Chance, und er möchte sie nicht verspielen.

Am Tag vorher ist Bertl noch einmal oben, allein. Er hockt und schaut, er hebt das Glas, und er zielt mit dem Spektiv dahin und dorthin.

Das Wetter ist gut. Wenn es so bleibt ... Schnell auf den Bergstock geklopft, da kein anderes Holz zur Verfügung steht in diesem Augenblick.

Er zählt siebzig Gams im Kessel, siebzig Gams! Wenn sie nicht auswechseln über Nacht, dann wird die Jagd gut! Wo ist der Bergstock?

Er steht um drei Uhr auf, der Bertl. Um vier Uhr gehen die Treiber und Einwehrer los, in zwei schweigenden Kolonnen, umfassen das Kar und die Wände von hinten her. Zwei Stunden später brechen die Schützen auf.

Die Nacht ist still und kalt. Als es Tag wird, sind die Gams noch niedergetan in den hohen Karböden, auf den Grasbändern und Absätzen der Wände. Im Boden beginnt ein Murmel zu pfeifen wie toll, verstummt und fängt wieder an, endlos. Was hat es denn? Ach, diese faulen Erdkriecher schreien oft den ganzen Tag, ohne zu wissen warum. Man braucht dem keine Bedeutung beizulegen. Plötzlich verschweigt der Schreihals und bleibt endgültig stumm.

Die Hirzmoaralm ist der Stützpunkt der Jagd, Hauptbefehlsstand, Absprungbasis, wenn man will. Hier versammeln sich die Schützen. Alle sind da, die ein Gewehr waidgerecht zu führen verstehen: der Hofrat und seine Gäste von nah und fern, alte, behäbige, bärtige, die nur selten schießen, dafür aber immer treffen, die auf ein langes, reiches und bewegtes Jägerleben zurückblicken können, und junge, sehnige, braungebrannte Gesellen, zäh, hart und flink, mit einem Juchzer in der Kehle. Und der Bürgermeister natürlich, und der Kajetan, das ist selbstverständlich.

Der Oberkogler hat einen Karren voll Speise und Trank hinaufschaffen lassen, schon am Tag vorher, auf die Hirzmoaralm, und die Veronika ist da und spielt die Marketenderin. Sie essen und trinken, die Gamsjäger. Wenn sie nachher genauso gut schießen und ebensoviel, dann muß jeder reichlich Waidmannsheil haben!

Es ist etwas Seltsames, etwas seltsam Bezauberndes um diese Stunde vor der großen Jagd. Ist es nicht fast wie die Stunde vor der Liebe? Sie sind eine besondere Art Mensch, diese Jäger, ja, sie sind eine besondere Rasse! Veronika fühlt sich wohl unter ihnen als einziges Mädchen. Sie hat für jeden ein Scherzwort, und sie schenkt ein und

226

lacht dazu, und jeder nimmt sich ein Stück von ihr mit auf den Weg, in den Augen, in den Sinnen. Vor der Jagd einem jungen Mädel zu begegnen ist besser als einem alten Weib!

»Los, meine Herren!« ruft der Hofrat. Er steht und wartet. Die Jungen können sich nicht sogleich losmachen vom Essen, vom roten Wein, von der Vroni...

Endlich sind sie alle um ihn versammelt und horchen, was er ihnen zu sagen hat. Es ist ihnen nicht neu. Sie alle haben das und ähnliches schon gehört, bei dieser oder jener Gelegenheit. Und doch gehört es zum Ritual der Jagd, daß es immer wieder gesprochen wird:

»Wir wissen, daß es nicht darauf ankommt, möglichst viel zu schießen. Was wir heute tun wollen, ist ein gemeinsamer, froher und andächtiger Erntegang hinauf in die Freiheit der Berge, wo man dem Herrgott näher ist. Seien Sie vorsichtig und Ihrer Verantwortung bewußt, liebe Freunde! Überlegen und prüfen Sie gut, ehe Sie den Tod aus dem Rohr lassen! Es dürfen nur alte oder kranke und schwache Stücke geschossen werden. Und nun möge St. Hubertus unser Jagen segnen. Waidmannsheil!«

Sie tun ihm mit offenen Blicken Bescheid und heben die Filze von den Köpfen. Juhuuu! macht einer. Dann gehen sie los.

Ganz oben, weit von da, hinter den Wänden, steht der Erblehner. Er ist beinahe schon müde geworden, ehe die Jagd noch beginnt. Seit sechs Stunden ist er auf und unterwegs, dahin und dorthin, rennend, keuchend, überall und nirgends zugleich.

Da stehen noch zwei vor ihm, der Lois und der Hias, die Holzknechte. Sie sollen in die steilen Grashänge einsteigen, später, wenn es losgeht, die Grashänge, über die schon so mancher sich totgefallen hat, der sie ohne Steigeisen betreten.

Sind Steigeisen da?

»Sicher sind keine da«, sagt der Hias leise zum Lois. Sie haben kein Vertrauen zum Erblehner, was diese Jagd anbelangt ...

Der aber greift in den Rucksack und gibt Eisen her, ein Paar und noch ein Paar. So, da habt ihr! Er hat an alles gedacht, der Erblehner. Und weg ist er.

Die beiden Holzknechte hocken und schweigen und schauen und warten.

»Schad' um den Gerold!« sagt dann der Lois. »Daß der Hofrat so einen Jager hat entlassen können.«

Der andere nickt mit dem Kopf.

»Bin neugierig, wie's ausgeht! Der Erblehner hat doch noch nie einen Gamstrieb geführt!«

Da fällt ein Schuß von weit her, bricht sich

228

vielfach in den Wänden, in den Rinnen, in den Schluchten, brandet rollend zurück von den Wänden jenseits des Kars. Der Hebschuß ist das. Er bedeutet, daß der letzte Schütze seinen Stand erreicht hat. Die Jagd kann beginnen.

Der Erblehner hat den Schuß gehört, alle haben ihn gehört. Er hebt das Gewehr und schießt zweimal in die Luft. Das heißt: Auf geht's!

Und noch ehe der Widerhall ganz verebbt ist, stehen die Treiber auf, hier auf dem Riegel, dort über der Wand, und einer stößt einen hellen Juchzer aus, und andere antworten ihm.

Auch die Gams haben die Schüsse vernommen. Ach, sie nehmen das nicht so tragisch – zuerst. Einige werden hoch und äugen und lauschen, andere aber bleiben niedergetan, ohne Regung. Kaum daß sie die Häupter und die Lichter und die Lauscher drehen.

Da aber tauchen auf dem Kamm rund um das Kar die Schattenrisse der Treiber auf, gleichzeitig und gleichmäßig verteilt, winzig klein noch in der Entfernung und doch furchtbar genug in ihrer Vielzahl! Sie betreten die Hänge, die ins Kar abfallen, sie steigen in die Wände ein. Steine prasseln ab, schlagen gellend auf tief unten im Schatten der Schlucht.

Da sind sie plötzlich alle hoch, die Gams. »Psuiijh!« pfeift die eisgraue Matrone durch die

Nasenlöcher. Sie geraten in Bewegung, die Gams. Sie fliegen bergan, wo die bekannten Wege liegen, die ins Freie führen, aus dem Kar hinaus, über den Kamm in die Sicherheit. Dort aber hocken die Einwehrer, und man muß wieder umkehren, um einen Schrecken im Herzen reicher.

Was noch an einzelnen Gemsen im Kar umhergeistert, findet sich zusammen zu Gruppen, die Gruppen zum Rudel. Aber das vergrößert nur die Verwirrung, statt sie zu bannen.

Da durchzuckt der Peitschenknall eines Schusses das Kar, ganz laut, ganz nahe. Das ist ein anderer Schuß als die Schüsse vorher! Er zielt ins Leben.

Und dort, seht ihr, löst einer von uns sich aus der Wand, als wollte er zu fliegen versuchen, wie sonst nur die Adler und die Raben tun, stürzt in die Tiefe mit schnellenden Läufen, überschlägt sich wie ein wirbelndes Rad und schlägt dumpf auf, irgendwo, unsichtbar, in der Tiefe.

Das Geschehen wirft die anderen in ihre Fährten zurück. Kopflos jagen sie durch die Wände, überfliehen Schluchten und Rinnen, halten jäh auf den Felsköpfen, auf den Riegeln, verhoffen nach oben, nach unten, wissen nicht ein noch aus!

Es bleibt nicht bei diesem einen Schuß. Andere folgen, viele, und jeder weckt hundert andere auf, die in den Wänden schlummerten. Wo liegt der Feind? Der vielfache Widerhall läßt keinen sicheren Schluß zu.

Auf dem Sonnenhang liegt ein junger Schütze. Er hat sich einen Felskopf ausgesucht, der ihn vorzüglich deckt, aber auch hindert, in die Tiefe zu sehen. Plötzlich tauchen keuchend und stampfend die Gams vor ihm auf. Sie erspähen den Menschen im letzten Augenblick, werfen sich herum. Der Mann hat das Gewehr gehoben. Aber ehe er noch einen Entschluß fassen kann, sind die Gams unter dem Felskopf verschwunden, umgehen die Klippe von unten, fliehen jenseits hoch, sind außerhalb des mörderischen Kreises, sind frei, sind gerettet!

Als sie dem wohlverschanzten Schützen wieder zu Augen kommen, sind sie schon weit, so daß nichts bleibt, als mit dem Gewehr in der Luft herumzufuchteln, schwankend zwischen »Soll ich« und »Soll ich nicht«, bis es zu spät ist...

Unter der Wand, im Krummkieferndickicht, hat der Kajetan einen bequemen Schützenstand für den Hofrat gerichtet. Man kann darin sitzen und das Gewehr auflegen. Das ist angenehm. Aber der Hofrat ist im Geiste abwesend. Er hat das Gewehr beiseite gelegt und schaut in die Luft, als ginge ihn die ganze Jagd nichts an.

Der Kajetan sieht mißbilligend auf ihn. Er

glaubt zu wissen, was seinem alten Jagdherrn die Laune trübt. Der Ausgang der Jagd ist zudem noch völlig unklar. Auch der Kajetan hat kein rechtes Vertrauen zum Erblehner. Nach langer Überlegung entschließt er sich zu sprechen.

»Ich kann mir nicht helfen, Herr Hofrat, wir hätten den Gerold dabehalten sollen!«

Der Hofrat sieht gar nicht her. Es ist, als hätte er diesen verborgenen Vorwurf erwartet.

»Darüber gibt es nichts mehr zu reden!«

Der Kajetan läßt aber nicht locker.

»So einen Jäger wie den werden wir nicht mehr finden!«

Der Hofrat sieht kurz zu seinem alten treuen Diener hinüber. Ja, ein gutes altes Roß ist er, der Kajetan, zieht bis zum letzten Schnaufer...

Es ist ein gefährliches Geschäft, als Treiber die Wände und Rinnen zu durchklettern, wenn man es gut und gewissenhaft machen will. Die Männer juchzen nicht mehr. Der Fels setzt ihnen zu. Sie schwitzen. Sie keuchen. Einer hat seinen Bergstock weggeworfen, weil er ihm hinderlich war. Man braucht beide Hände zum Greifen, wo die Füße keinen sicheren Halt mehr finden...

Der Steffl ist mit dabei, der Bauernbub, der so gern Jäger werden will. Es ist die erste Gamsjagd, die er erlebt, und er ist mit Leib und Seele dabei. Seine Wangen glühen.

Jetzt freilich wird es mit dem Jägerwerden vielleicht seine gute Weile haben, seit der Gerold nicht mehr da ist, der sein Freund und Beschützer war. Ach, der Gerold hat sich ja längst abgewendet von ihm, damals, als das Fräulein aus der Stadt gekommen war.

Nun ist das Fräulein zwar wieder weg, aber dafür ist der Gerold auch nicht mehr da. Ja, so ändern sich die Zeiten...

»Steffl, paß auf!« schreit es da plötzlich von unten her. Der Lois ist es. Er kennt die Wand und weiß, daß sie brüchig wird, gerade dort, wo der Steffl einsteigt.

Aber der Ruf kommt zu spät, denn unter Steffls Füßen brechen die Tritte aus, fast im selben Augenblick, und die Hände vermögen ihn nicht mehr zu halten. Er will noch schreien, der Steffl, aber da fällt er schon aus der Wand.

»Möchtest nicht laden, Herr Hofrat«, spricht der Kajetan. »Vielleicht kommt ein recht alter Bock vorbei. Dann wird's dir leid tun.«

Ja, da hat er eigentlich recht, der Kajetan. Man soll sich durch Stimmungen nicht einen solchen Jagdtag verderben lassen. Am anderen Tag versteht man sich dann selber nicht mehr!

So schiebt er denn eine Patrone in den Lauf, und der Kajetan freut sich. Gleich darauf kommt er wirklich, der ganz alte Bock, und des Hofrats Schuß wirft ihn aus der Wand. –

Der Lois schaut umher. Ist denn niemand da, dem man schreien, den man zu Hilfe rufen kann?

Nein, es ist niemand da.

Hat es denn keiner gesehen, daß der Steffl ...

Nein, niemand hat es gesehen außer dem Lois. Sie sind alle mit allen Sinnen bei anderen Dingen.

Es muß etwas geschehen!

Der Lois klettert abwärts, so schnell er kann. Da sieht er den Steffl liegen, und er regt sich noch, Gott sei Dank! Aber dort, wo er hängengeblieben ist, inmitten der Wand, dort kann kein Mensch hin. Es wäre denn, man ließe sich mit einem Seil von oben hinunter. Ist ein Seil da? Ja, woher jetzt schnell ein Seil nehmen ...?

Was tun?

Da taucht der Erblehner auf, unter der Wand.

»Heee!« schreit ihm der Lois, so laut er kann. Es dauert eine Weile, denn der Erblehner glaubt, das Schreien gehöre zur Jagd. Dann schaut er auf, endlich, und der Lois schreit und deutet ihm, was geschehen ist.

Und da sieht auch der Erblehner den Steffl, der

dort oben in der Wand hängt, auf einem schmalen Sims.

Er legt Gewehr, Rucksack und Glas ab. Er zieht den Rock aus und greift in die Wand, um den Steffl zu holen. Er hat nicht nötig gehabt, einen Augenblick lang zu überlegen.

Paß auf, Bertl, der Fels ist brüchig dort! Und unter dir geht es abgrundtief hinunter, tief genug, daß deine Seele das Fliegen lernt, das Fliegen ins Jenseits ...

»Dort nicht! Dort nicht!« schreit der Lois. Aber der andere hört es nicht. Er ist schon in der Wand. Er schiebt sich hoch, Griff um Griff. Er keucht. Er findet keinen Tritt mehr und die Füße scharren am Fels. Er findet doch einen und schiebt sich weiter.

»Aufpassen!« schreit der Lois, und jetzt versteht ihn der Erblehner endlich. Da bricht ihm der Griff unter der Hand, bröckelt ihm am Gesicht vorbei, saust ins Bodenlose. Aber der zweite Griff hält, vorläufig. Der Erblehner muß rasten, eine Minute. An seinen Füßen vorbei sieht er die anderen, die Kameraden, tief unter sich, klein wie Ameisen.

Die haben jetzt endlich bemerkt, daß etwas geschehen ist. Zwei Dutzend Augen bohren sich in die Wand. Und einer bläst die Jagd ab: Tati – titaa!

Da kommt einer gelaufen. Der Thomas ist es,

der Thomas. Er hat ein Seil im Rucksack. Er ist ein alter erfahrener Bergjäger. Er weiß, wozu ein Seil gut sein kann im Berg, wenn das Leben an einem Faden hängt. Er hat ein Seil eingesteckt, auf alle Fälle. Schlauer Bursche, der Thomas.

Der Bertl ist inzwischen beim Steffl angelangt. Sie haben kaum Platz auf dem schmalen Sims.

»Rühr dich nicht!« sagt der Erblehner zu dem Buben, »sonst fällst du hinunter! Hast Schmerzen?«

Ein bißchen. Das Gesicht ist zerschunden, die Hände sind voll Blut und die Kleider zerrissen. Wenn es sonst nichts ist ...

Der Förster greift ihn ab, an den Armen, an den Beinen, am Körper, und der Bub muckst sich nicht. Er ist heil. Aber als der Bertl ihm den Fuß bewegt, da schreit er. Au! Auweh!

Ja, da hat es ihn. Hinunterklettern kann er also nicht. Wie soll man ihn von da weiterbringen?

Da streckt einer den Kopf über den Felsrand. Der Thomas ist es. Er bringt das Seil, der Thomas. Braver Kerl, der Thomas! Gut, Thomas! Bleib unten, zu dritt haben wir nicht Platz hier oben!

Er nimmt das Seil, der Bertl, schlingt es um einen Felskopf. Ob er wohl hält? Mal probieren! Er hält. Der Erblehner sichert den Steffl, den Thomas, schließlich sich selbst.

Dann seilen sie den Verletzten ab, langsam,

Faust um Faust. Er ächzt, er schreit noch ein paarmal auf, weil sein schmerzender Fuß an die Wand stößt. Unten warten sie auf ihn, nehmen ihn in Empfang, tragen ihn talwärts.

Noch einmal gut gegangen. Wäre eine schlechte Jagd, wenn neben den Gams auch noch ein Mensch auf der Strecke läge!

Die Jagd ist vorbei. Die Jagd war gut. Der Erblehner hat es gut gemacht. Gut? Ausgezeichnet! Wer hätte sich das gedacht! Er ist doch ein ganzer Kerl, der Erblehner!

Man sammelt sich bei der Hirzmoaralm. Schon wieder? Jetzt erst recht! Man ist froh. Man lacht, man juchzt, man singt. Die Veronika bräuchte fünf Hände, um allen zugleich Essen und Trinken zu reichen.

Man hebt die Gläser, mit der Linken, versteht sich, denn sie kommt vom Herzen.

Waidmannsheil! ruft man.

Waidmannsdank! ruft man.

Da drängt sich der Bertl durch, der Erblehner. Er ist zerzaust und zerschunden.

»Herr Hofrat!«

Der wendet sich um.

»Ich muß Ihnen leider melden –«

»Ich weiß schon alles. Ich habe Ihnen zugesehen, Erblehner, von der anderen Seite. Wie geht's dem Steffl?«

„Danke, halbwegs. Er hat Glück gehabt. Es ist nichts Ernstliches. Er wird schon nach Hause gebracht.«

»Herr Erblehner, ich muß ihnen meinen Dank und meine Anerkennung aussprechen. Sie haben sich ausgezeichnet gehalten. Jetzt wird wohl auch die Vroni mit Ihnen zufrieden sein ...«

Sie lachen, aber dem Bertl ist es Ernst mit der Vroni.

»Hoffentlich«, sagt er.

»Sicher!« beruhigt ihn der Hofrat. »Und wenn nicht, dann werde ich ihr schon den Kopf zurechtsetzen!«

»Nicht nötig, Herr Hofrat!« sagt da die Vroni. Sie hat sich – weiß Gott wie – dem Trubel um Schank und Küche entzogen und ist unbemerkt herangekommen. Sie hat schon gehört vom Bertl. Alle wissen von ihm zu erzählen, von ihrem Bertl!

Und sie schlägt ihm die Arme um den Hals und küßt ihn fest auf den Mund, obwohl alle Leute zusehen, aber das ist ihr ganz gleich. Und der Bertl ist mehr überrascht als alle anderen...

Wie kurz der Sommer ist! Zeitig früh ist es schon kalt. Die Bergspitzen und die hohen Kämme sind weiß geworden über Nacht. Der Schnee wird heuer nicht mehr von dort verschwinden.

Nicht mehr in tausend glitzernden Tröpfchen hängt der Morgentau an den Gräsern und Steinen wie einst, sondern in kleinen eisigen Sternchen, die zerrinnen, wenn die Sonne über den Grat steigt.

Es ist noch Sommer, aber die Zeit der Murmeltiere ist um. Sie wissen es und auch, was sie zu tun haben. Sie heuen. Auf dem Anger vor dem Bau beißen sie Gras und Kräuter ab, Halm für Halm und Blatt für Blatt. Nicht zur Äsung. Sie lassen es liegen. Es dörrt in der Sonne einen Tag, zwei Tage. Dann wenden sie es mit geschickten, fleißigen Händen, sorgen, daß es gleichmäßig zu liegen kommt. Sie wenden es wieder, da ein kleiner Regenschauer es netzte, den sie nicht vorhergesehen haben. Sie ahnen sonst immer das Wetter voraus und heuen nicht, wenn Regen kommt.

Es ist eine große Arbeit. Die Kinder können nicht helfen dabei. Alles müssen die Alten allein machen. Es währt wochenlang. Was trocken ist, raffen sie mit den Händen zusammen, fassen es mit dem Maul und tragen es in den Kessel. Würde man es zusammenlegen, es wäre ein großer Haufen Heu. Ein starker Mann könnte es nicht auf einmal tragen. –

Die Tage sind voll Klarheit, voll Sonne. Die Raben wissen zu schätzen, was die Almen ihnen bieten an schwirrender, kriechender, huschender

Beute. Die Berghöhen sind leer und einsam. Jetzt ist hier gut sein.

Sie weiden. Sie wackeln vor sich hin, die Blicke am Boden. Sie strecken da einen Wurm, dort einen Käfer. Sie schnäbeln die süßen schwarzen und die herben roten Beeren, das würzige Gekräut. Ihre Tafel ist bunt und reich. Sie belauern die Mauslöcher wie die Katzen, fassen mit sicherem Schnabelgriff die feisten Nager, und nicht nur die unerfahrenen Jungen!

Die Kinder sind herangewachsen und der Größe nach nicht mehr unterschieden von Og und Kr. Nur der ihrem stumpfen Gefieder fehlende Stahlglanz kennzeichnet sie noch, und die Form und Weichheit des Schnabels, gewiß. Die Farbe des Auges und die Unerfahrenheit. Aber diese Kennzeichen bleiben vielen verborgen, die nicht selbst Raben sind.

Die Lehrzeit ist um. Die Familie hält noch zusammen, aus alter Gewohnheit sozusagen. Bald werden die Kinder ihre eigenen Wege fliegen, obwohl sie noch viel, sehr viel zu lernen hätten. Was hilft es aber, einem Kind Weisheit einzutrichtern, die es doch erst erwirbt, wenn es ihr Fehlen an sich selber schmerzlich erfährt?

Sie sind noch unfertig, aber sie versprechen tüchtig zu werden. Wie wäre es anders möglich bei Raben, die Og und Kr zu Eltern haben?

240

Hat nicht eines der Kinder erst kürzlich den Almhasen verfolgt und geschlagen, der zwar noch jung, aber ausgewachsen und ganz gesund war? Und hat nicht das andere die Schneehenne auf ihrem verspäteten Gelege entdeckt, sie zwar nicht zur Strecke gebracht, aber mit Schnabel- und Flügelhieben verjagt und die Eier erbeutet, den anderen zur Freude? Man darf beruhigt sein, was die Zukunft der Kinder anbelangt.

Og und Kr sehnen sich nach der alten Ungebundenheit, nach Freizügigkeit, nach Alleinsein. Ihre ganze innige und zu jedem Opfer fähige Liebe verband sie mit den Kindern, solange die sie brauchten. Jetzt weicht sie der Gleichgültigkeit. Eltern und Kinder gewinnen allmählich Abstand voneinander, ohne daß sie es merken. Wenn sie sich erst getrennt haben, werden sie gegenseitig nichts mehr empfinden als das Gefühl der Zusammengehörigkeit ihrer Art.

Sie sind auf dem Almboden zerstreut. Jedes geht seiner Beschäftigung nach, und der Erfolg ist zufriedenstellend! Die Stille, die Düfte des herbstlichen Berges umhüllen sie. Das Leben ist schön. –

Graben sie einen neuen Gang?

Sie graben, die Murmeltiere. Aber nicht um des Stollens willen, der dabei entsteht, sondern um der Erde und der Steine willen, die sie gewinnen.

241

Sie schieben sie von innen heran an die Mündung des Baues. Sie legen Stein auf Stein, häufen Erde darauf und stopfen Grasbüschel in die Fugen. Dicht muß es werden, dicht und fest. Sie mauern sich ein. Das Licht bleibt draußen. Finsternis ist um sie. Sie arbeiten. Langsam werken sie, wandern hin und wieder, schwerfällig und müde, denn der lange Schlaf lastet ihnen schon auf den Augenlidern.

Die Sonne geht unter, sie wissen es nicht mehr. Sie bauen. Der Winter ist lang, und der Winter ist hart. Der Damm, den sie zwischen sich und den Winter setzen, kann nicht stark genug sein.

Es ist soweit. Sie schütteln die Erde aus den Bälgen und den Staub, der sich bei der Arbeit darin festgefressen hat. Sie ordnen sich das Fell. Man muß sauber sein, wenn man schlafen geht. Sie graben sich in den Berg von duftendem, knisterndem Heu, das den Kessel füllt. Sie drängen sich zusammen und rollen sich ein, die Nase zwischen den Hinterbeinen. Wenn sie den Frost, die Luftlosigkeit, den Hunger des halbjährigen Schlafes gut überstehen, werden sie wieder erwachen in einem anderen, in einem neuen Leben, das jenseits des Winters liegt, erwachen in einen trostlos grauen und dennoch köstlichen Tag des steigenden Frühjahrs hinein.

Und für so viele kommt jetzt erst die gute,

die reiche Zeit! Über den weißen Bergen steht der Herbst mit wundervollen warmen Tagen. Wo der Wald anfängt und die vielen Zirben stehen, kreischen die Tannenhäher, pfeifen und jakeln und schnurren vor Übermut, streichen von einer Baumkrone in die andere und schlagen sich mit den halbreifen Nüssen voll. Sie schwelgen im Überfluß, und die Hälfte des Zirbensegens fällt zu Boden, unbeachtet und ungenützt.

Die Hirsche, die in der Nacht aus dem Plenterwald auf die Alm und im Morgengrauen wieder zu Holze ziehen, sind gut bei Wildbret. Ein paar Tage noch, dann wird einer von ihnen den ersten Brunftschrei tun in der kalten Frühherbstnacht. –

Es ist alles, wie es war. Sie sind wieder zu dritt im Atelier. Schmollend hat Karin Elisabeths Tisch freigegeben und sich auf ihren alten Platz zurückgezogen. Sie arbeiten. Sie sprechen von der Zukunft. Es ist, als wären sie nie getrennt, als wäre Elisabeth nie bei ihrem Großvater in – Dingsda – in Hochmoos gewesen.

Ist wirklich alles, wie es war?

Wo ist der leichte, unbefangene Ton ihrer Gespräche, ihrer Späße geblieben? Sie sprechen miteinander, gewiß, aber sie sprechen selten. Und lachen? Ach, das Atelier, das in früheren Zeiten von ihrer ungezwungenen Fröhlichkeit widerhallte, hat schon lange kein Lachen mehr gehört...

Es ist, als hätte eine Wolke sich auf ihre Gemüter gesenkt, eine Schwere, auf ihr ganzes Leben. Und wenn sie auch immer bemüht sind, es einer dem andern und sich selbst auszureden: Die Atmosphäre ist gespannt. Warum nur?

Karin vermerkt es schweigend. Sie leidet mit. Sie sieht von Elisabeth zu Max und von ihm zu ihr. Beide arbeiten verbissen, ohne aufzusehen. Wenn sie sprechen, so befleißigen sie sich der Freundlichkeit, gewiß. Sie wollen die guten alten Kameraden sein, oder sie wollen einander und sich selbst glauben machen, daß sie es seien. Sie wollen. Früher waren sie es, ohne daß ein Wille dazu nötig war ...

Karin setzt alle Hoffnung für die Wiederherstellung der alten Verhältnisse auf das Atelierfest. Und je mehr die anderen beiden schweigen, um so mehr spricht sie.

Sie zählt auf, wer eingeladen werden soll, wie sie den Raum schmücken will und welche Überraschungen und Viechereien sie sich ausgedacht hat. Sie ist wie ein Kind.

Das Fest wird auch wirklich sehr schön! Der Rahmen ist prächtig. Die Gäste sind guter Laune. Man ißt und trinkt, man tanzt. Spürt jemand eine Verstimmung der Gastgeber? Manchmal geht ein Blick hinüber zu Freiberg, zu Elisabeth. Ist etwas zwischen den beiden? Ach, es wird nicht so schlimm sein! Dafür ist Karin um so besser aufgelegt. Sie singt und lacht und tanzt wie besessen. Und das Radio, das sonst niemals spielt, was man braucht, funktioniert heute ausnahmsweise hervorragend!

Plötzlich ist es aus, und die Bewegung der Tanzenden verebbt. Elisabeth löst sich aus dem Arm ihres Tänzers. Sie ist nicht anders gestimmt als sonst, trotz des Festes. Im Radio redet einer, niemand hört hin. Dann kommt wieder Musik, endlich.

Aber das ist nicht die Musik, die sie erwarten, die sie haben wollen. Orgelmusik ist das, Kirchenmusik. Nein, so was! Schnapsideen haben die beim Radio! Erst Musik zum Tanzen, dann Musik zum Beten, und das um Mitternacht!

»Such eine andere Station, Max!« ruft einer. »Wir wollen tanzen!«

Freiberg geht an den Apparat, greift an den Knopf. Da faßt ihn jemand beim Handgelenk. –

Was ist denn?

Elisabeth ist es. Sie sieht ihn fest an.

»Bitte, nicht!« sagt sie.

»Warum?« fragt er überrascht und nicht freundlich.

Warum? Ja, warum! Weil sie diese Musik kennt, und weil sie diese Musik liebt. Liebt seit jenem Tag, da sie sie zum letztenmal hörte, in der kleinen Dorfkirche von Hochmoos ...

Und sie hört noch die Worte, die damals gesprochen wurden: »Ist das nicht Bach? – Ja, die g-Moll-Phantasie ...«

Das kann sie Max nun freilich nicht sagen. Sie sagt nur:

»Ich will das hören!«

Max löst die Hand vom Knopf, schüttelt den Kopf.

»Seit wann interessierst du dich für geistliche Orgelmusik?«

Elisabeth steht verloren und lauscht. »Wo haben Sie so spielen gelernt? – Ach, in einem anderen Leben ...«

Hat Max etwas gesagt? Ach ja – sie hat es ungefähr verstanden.

»Das kann dir doch gleichgültig sein«, antwortet sie.

»Oh, verzeih!« Er lächelt ironisch. »Gehört das auch zu den sonderbaren Gewohnheiten, die du aus Hochmoos mitgebracht hast?«

Karin hat die Störung bemerkt. Sie muß eingreifen, den Gästen zuliebe.

»Liesl! Was habt ihr denn schon wieder!«

»Was ist denn mit der Tanzmusik?« ruft jemand.

Aber die beiden neben dem Radioapparat achten nicht darauf.

»Frag mich nicht soviel!« sagt Elisabeth. »Ich frage ja auch nicht, warum du aus Hochmoos so plötzlich verschwunden bist, ohne dich von jemandem zu verabschieden ...«

»Das ist es ja gerade!« fährt er auf und dreht sich ihr jäh zu. Er ist zornig. »Dich interessiert nichts mehr, du bist über alles erhaben, du bist überhaupt nicht mehr da! Wärst du doch draußen geblieben bei deinem Freund, dem Herrn Gerold!«

»Er ist nicht mein Freund!«

»Auf einmal! Warum hat er mich dann so

großzügig laufenlassen damals, wenn nicht deinetwegen?«

Elisabeth versteht nicht, was er da sagte. Sie sieht ihn unsicher an, aus enggestellten Lidern, mit einem leichten Kopfschütteln.

»Was hat er?«

Nein, das ist zuviel! Die Gäste sind aufmerksam geworden. Was ist denn los? Wie kann man sich nur soweit vergessen ...

Aus einer Gruppe der jungen Leute löst sich Karin, kommt mit entschiedenen Schritten heran.

»So hört doch endlich auf zu streiten!«

Damit greift sie an den Knopf und schaltet auf Tanzmusik. Höchste Zeit! Man tanzt wieder.

Max und Elisabeth stehen immer noch.

»Ja, weißt du denn gar nichts davon? Er hat mich beim Wildern erwischt.«

Elisabeth starrt ihn ungläubig an. Sie braucht eine Zeit, um das zu erfassen.

»Dich – erwischt – beim Wildern?«

»Ja. Dir zuliebe hat er alles auf sich genommen. Allerdings unter der Bedingung, daß ich sofort abreise ...«

Sie ist noch nicht ganz im Bilde, die Elisabeth.

»Mir zuliebe?« fragt sie leise und halb unbewußt. »Warum hat er mir nichts davon erzählt?«

»Zerbrich dir nicht den Kopf darüber! Ich bin

aus dem Menschen auch nicht klug geworden. Aber jetzt komm, wir sind nicht allein hier!«

Sie kommt nicht, die Liesl. Sie starrt vor sich hin.

»Was hast du denn?« fragt er.

»Nichts«, sagt sie. Dann geht sie zwischen den tanzenden Paaren hindurch auf die Tür zu.

Es läutet und läutet. Es braucht eine Weile, ehe jemand zum Telefon kommt. Die Paulin hört es nicht, obwohl sie im Zimmer daneben schläft. Die Paulin hört nie etwas. Aber der Kajetan hört es. Er hört gut, trotz seiner Jahre. Er steht auf und kommt die Treppe herunter. Er ist noch schlaftrunken.

»Hallo?«

Ja, da ist jemand, aber es ist nicht zu verstehen, was der oder die dort am anderen Ende der Leitung will...

»Hier bei Hofrat Leonhard«, sagt der Kajetan, so wie er es gelernt hat.

»Wer ist es denn?«

»Bist du's Kajetan?« fragt die Stimme.

»Ja, ich bin's, der Kajetan!« sagt der Alte. Er wacht allmählich auf.

»Schläft der Großvater schon?«

»Ja, freilich, ist doch schon halb zwölf vorbei! Soll ich ihn wecken?«

„Nein, nicht aufwecken! Kajetan, kannst du dem Gerold sagen, daß er mich morgen anrufen soll?«

»Der Gerold? Ja – aber Liesl, der ist doch gar nicht mehr bei uns!«

Das hast du nicht erwartet, Elisabeth, nicht wahr? Und du kannst es kaum glauben, so daß du wiederholen mußt:

»Nicht mehr bei euch? Was ist denn mit ihm?«

»Das möcht' ich selber gern wissen, Liesl. Der Herr Hofrat hat ihn entlassen!«

Entlassen ...

»Und wo ist er jetzt?«

»Ich hab' ihn einstweilen bei einem Bekannten von mir untergebracht, am Breitjoch bei Fernach, beim Oberjäger Burger. Ich hab' aber noch keine Nachricht. Soll ich hinschreiben?«

Aber es kommt keine Antwort mehr.

»Hallo, Liesl!« ruft der Kajetan noch ein paarmal. »So gib doch Antwort!«

Sie gibt keine Antwort mehr, die Liesl. Sie sitzt und blickt vor sich hin und drückt den Telefonhörer an die Brust. Und so laut ihr Herz auch schlägt, der Kajetan kann davon nichts hören ...

Nicht mehr bei uns ...

Da stürzt dir eine ganze gesicherte Vorstellungswelt zusammen, Elisabeth, nicht wahr? Es ist alles ganz anders, als du dachtest...

Und der Kajetan weiß selbst nicht, warum...

Da muß es etwas gegeben haben!

Wo ist er jetzt?

Was hat der Kajetan gesagt?

Hätte sie es nicht im Ohr behalten, der Verstand wüßte es nicht mehr.

Es ist eine weite Reise nach Fernach. Mit dem Zug zuerst, dann mit dem Bus. Und schließlich muß man zu Fuß gehen. Wie weit? Zwölf Kilometer bis zum Breitjoch...

Gibt es keine Fahrmöglichkeit dahin? Man müßte ein Fuhrwerk mieten...

Willst du nicht ausruhen, Elisabeth? Du bist seit heute nacht unterwegs. Der Tag ist heiß, und du bist müde, Elisabeth.

Nein, sie will nicht ausruhen. Sie will keine Minute Zeit verlieren.

Zwölf Kilometer! Das ist noch weit! Und sie will heute noch hinkommen, sie will ihn heute noch sehen!

Es ist ein leichtes Wägelchen mit einem schweren Roß, ein Bauernbursch darauf. Hat die Dame kein Gepäck?

Nein, die Dame hat kein Gepäck.

Sie steigt ein. Sie fahren.

Es geht bergauf, ganz langsam bergauf, und

dann wieder bergauf. Eine Schlucht kommt, mit hohen, überhängenden Wänden. Der Weg ist in den Fels gesprengt. Darunter fällt die Wand senkrecht ab bis zum schäumenden Wildbach. Hundert Kehren und Windungen hat dieser Weg. Das Pferd trabt, und doch geht das alles viel zu langsam!

Dein Herz ist schon weit voraus, Elisabeth, nicht wahr?

Ho! Plötzlich hält der Kutscher an. Was ist denn auf einmal?

Wir sind da.

Schon da? Gott sei Dank!

»Da geht's zum Jägerhaus«, sagt der Bursch. Er weist auf einen steilen, steinigen Pfad, der zwischen Felswänden aufwärts führt.

Es ist das gesegnete Land an der hohen Gebirgsmauer, die die Grenzscheide bildet. Es ist ein schönes Land, Hubert, gewiß, aber doch kein Hochmoos! Das Jagdhaus auf dem Breitjoch ist eine heimatliche Bleibe, und der Dienstherr ist ein guter Herr. Aber doch kein Hofrat Leonhard!

Da kann man aber nichts machen. Und du mußt noch froh und dankbar sein, daß der Kajetan dich so schnell untergebracht hat, der gute alte Kajetan.

Und es ist ein reiches, ein geheimnisvolles Jagdrevier!

In den Wänden horsten die Geier, fliegen weit ins Land und kehren abends zurück. Und in der Einsamkeit der Felskare ziehen die Steinböcke durch die freie Wildbahn. Das ist selten in diesem übervölkerten Erdteil!

Jedes Jahr, ein- oder zweimal im Hochsommer, kommt sogar ein Bär über die hohe Grenze herüber, von Süden her, oder zwei oder gar drei; und welchem Waidmann lachte nicht das Herz, den wehrhaften Riesen zu sehen und in Frieden ziehen zu lassen!

Meist sind es nur harmlose, gutmütige Gesellen, diese Grenzbären. Sie verbergen sich vor dem Menschen, nähren sich schlecht und recht von Wildobst und von Ameisenpuppen, die sie aus den großen Burgen der Waldameisen ausgraben. Später freilich, gegen den Herbst zu, beginnen sie, sich an die Schafherden oder das Jungvieh heranzupirschen, und ab und zu reißen sie auch. Aber ehe man sich dessen versieht, sind die geheimnisvollen Gäste wieder zurückgewechselt über die hohe Mauer, ins andere Land...

Sei froh, Gerold, es ist ein einzigartiges und wundervolles Revier, das du da gefunden hast! Hunderte würden dich darum beneiden!

Ja, das ist alles recht und schön. Aber was

hilft es, wenn man auf allen Wegen, von früh bis abends, ein Leid mit sich tragen muß, ein mahnendes, ein nagendes, ein zehrendes, und wenn zehnmal am Tag eine leise verschleierte Stimme neben einem spricht: »Wenn du wüßtest, wie sehr ich darauf gewartet habe, daß du kommst...«

Wußtest du nicht, Hubert, daß sie auf dich wartete? Doch, du konntest es dir denken. Und warum bist du nicht zu ihr gegangen, Hubert, warum?

Ach, es war eine verhängnisvolle Verkettung aller Umstände. Die Sache mit dem Gewehr und die Sache mit dem Hirsch. Und die Sache mit dem Hund...

»Wenn du wüßtest, wie sehr ich auf dich gewartet habe...!«

Komm, Bella! Es hilft kein Sitzen und Brüten und Träumen. Das Leben geht weiter, und es heilt alle Wunden, auch die schmerzlichsten. Aber das Heilen selbst, das braucht Zeit. Und die Zeit, das ist, was am schwersten zu ertragen ist. Nur gut, daß die Zeit niemals stehenbleibt!

Wie er sinnend heimzu geht und den Fuß auf den Steg setzen will, da betritt jemand den Steg von der anderen Seite.

»Liesl!« schreit er, und das Herz setzt ihm aus vor freudigem Erschrecken...

»Hubert!« ruft sie.

Sie eilen aufeinander zu und sehen einander an.

Elisabeth versucht, in seiner Miene zu lesen, wie er zu ihr steht. Aber es ist noch zuviel Überraschung und Staunen darin, als daß anderes darin Platz fände.

»Ja – wie kommst du denn hierher?« fragt er.

»Der Kajetan hat dich verraten«, lacht Elisabeth.

»Der Kajetan! Und –«

Was willst du von mir, möchte er jetzt fragen, aber er unterdrückt es.

Es erschiene ihm unfreundlich. Sie hat die Frage dennoch vernommen.

Ja, was will sie hier? Weiß er das nicht selber? Hat er es nicht erraten? Jetzt wird sie ein wenig rot, die Liesl. Und sie kann ihm nicht ins Gesicht sehen.

»Ich muß dich um Entschuldigung bitten ...«

»Wofür?«

»Ach, du weißt es doch ohnehin! Wegen damals – in Hochmoos ...«

Er sieht noch nicht ganz hindurch, der Hubert. Er ist verwirrt und wird es immer mehr.

»Wie kommst du jetzt darauf?« fragt er und versucht, in ihren Zügen zu forschen.

»Max Freiberg hat mir erst gestern alles erzählt. Ich wußte ja von nichts ... Du hast dich großartig benommen, Hubert, und ich habe mich schlecht benommen –«

»Nein«, widerspricht er lächelnd.

»Doch, ich habe mich schlecht benommen. Bitte, verzeih mir! Das wollte ich dir sagen.«

Und darum bist du so weit hergefahren? Das ist schön, Mädchen, das ist allerhand, Mädchen! Ich danke dir, Elisabeth!

Er sieht sie zärtlich an. Er hätte sich nicht träumen lassen, daß dieser Tag ihm ein so großes Glück bringen würde ...

Nun? Hat er ihr nichts zu sagen? Doch, doch, er hat ihr unendlich viel zu sagen, und er fürchtet, daß er heute gar nicht damit fertig wird, und morgen auch nicht. Sie sieht zu ihm auf mit einer bangen Frage im Blick und wartet.

»Ich muß dir auch etwas sagen, Liesl, sehr viel muß ich dir sagen –«

Er stockt. Es ist nicht so einfach, was er ihr zu sagen hat.

Da fängt ihr auf ihn gerichteter Blick eine Bewegung unter den Büschen jenseits des Baches. Sie wendet den Kopf und – packt mit beiden Händen seinen Arm.

Was hat sie denn?

»Was ist das dort, Hubert, schau!« ruft sie. »Was ist das –?«

Da sieht auch er es. Ein Bär ist es.

Der Bär, dessen frische Fährte er vor zwei Tagen oben unter den Wänden gefunden hat. Da ist er nun. Er äugt nicht her. Das Wasserrauschen hat ihm das Gespräch der Menschen unterschlagen, und der Wind streicht talwärts.

Hubert zieht Elisabeth schnell in den Schatten eines Busches. Er hält sie fest umfangen. Da stehen sie und schauen wie gebannt auf den Gewaltigen, der dort drüben langsam und auf leisen Sohlen einherschreitet.

»Ist es gefährlich?« flüstert Elisabeth. Gerold schüttelt den Kopf.

»Hab keine Angst!« sagt er und senkt sein Gesicht auf ihr Haar, ganz kurz.

Der Bär setzt die Nase auf den Weg, untersucht Gerolds Fährte. Aber sie beunruhigt ihn nicht. Menschenfährte findet er oft in den Wäldern. Dann geht er langsam hinunter zum Bach, watet hinein und nimmt in aller Geruhsamkeit ein Bad. Er setzt sich und plätschert mit den Branten, er legt sich um und taucht den Kopf ein. Er läßt sich Zeit.

Die beiden Menschen stehen und rühren sich nicht, zitternd vor Erregung und Freude ob des wundersamen Erlebnisses. Wer noch in Europa kann von sich sagen, daß er der braunen Majestät in freier Wildbahn begegnet ist?

Nach einer langen Weile zieht er weiter, der Bär.

Er hat sich hinreichend abgekühlt und den Flöhen vorübergehend das Selbstbewußtsein geraubt. Es genügt ihm einstweilen.

Er richtet sich auf und geht, langsam, vertraut und gut gelaunt. Der dichte Busch verschlingt ihn.

»War es nicht wunderbar?« fragt Hubert.

Elisabeth nickt nur.

»Ich bin so glücklich, daß du es erleben konntest!« spricht er.

Sie drückt ihm die Hand.

»Aber jetzt muß ich dich allein lassen, Liesl!«

»Warum denn?« Sie ist ganz erschrocken …

»Ich bin bald wieder da. Du gehst auf dem Steig weiter und bist in drei Minuten beim Jägerhaus.«

»Wo gehst du denn hin?«

»Ich muß schnell hinüber zu dem Bauernhaus dort. Der Bauer hat seine Schafe ausgetrieben. Ich muß ihn warnen…«

»Und wenn der Bär noch einmal hierherkommt?«

»Er ist doch nach der anderen Seite!« Ihre Ängstlichkeit amüsiert ihn.

»Und wenn ein anderer kommt?«

»So viele Bären gibt es nicht bei uns!« lacht er. »Übrigens: dort oben siehst du den Giebel vom Jägerhaus.«

Und mit eiligen Schritten ist er dahin. Erst langsam, dann immer schneller setzt Elisabeth ihren Weg fort, eine kleine Angst im Genick, und das Herz klopft ihr.

Da ist das Haus, Gott sei Dank! Ob die Tür wohl offen ist?

Aber hier ist ja jemand...

Wie sie um die Ecke kommt, sitzt da ein Mädchen auf der Hausbank und näht. Das ist ja gar nicht das Haus vom Hubert...

Die Nähende blickt auf und mustert erstaunt die Fremde.

Was will denn die hier?

»Bitte, wie kommt man zum Jägerhaus?« fragt Elisabeth.

»Das ist es!«

»Ich meine das Haus, wo der Jäger Gerold wohnt...«

»Ja!« Die auf der Bank muß lachen über das erstaunte und ein wenig ratlose Gesicht dieser städtischen Dame...

»Aber der Hubert ist nicht zu Hause.«

Hat sie »Hubert« gesagt? Ja, sie hat »Hubert« gesagt. Wie kommt sie dazu, »Hubert« zu sagen?

»Und wer sind Sie?« wagt Elisabeth zögernd zu fragen.

»Ich?« lacht die andere. »Ich bin die Barbara.«

So, sie ist die Barbara. Aber damit ist nichts gesagt. Oder doch?

»Ich flick' ihm grad seine Hosen. Man sollt' es gar nicht glauben, wie so ein Mann die Kleider zerreißt...«

»Ja«, spricht es aus Elisabeth, tonlos, sinnlos. So ist das also.

»Wollen Sie nicht weiterkommen?« fragt Barbara freundlich.

»Nein, danke!«

»Es kann aber noch lange dauern. Der Hubert kommt immer erst spät abends heim ...«

»Immer« hat sie gesagt. Das bedeutet, daß sie immer da ist...

»Und heute sicher auch, hat er zu mir gesagt...«, ergänzt Barbara.

Hat er zu ihr gesagt...

Natürlich hat er zu Barbara nichts gesagt, der Hubert, weil er sie heute noch gar nicht gesehen hat. Aber es schmeichelt der Ländlichen, sich vor dieser Fremden in ein bestimmtes, nicht näher zu kennzeichnendes, aber doch fühlbar enges Verhältnis zu dem stattlichen jungen Jäger zu setzen...

Und was nicht ist, kann noch werden, nicht wahr? –

Der Weg bergab ist für Elisabeth nur wie ein Schritt. Sie findet sich plötzlich wieder auf der

Straße und weiß nicht, wie sie dahin gekommen ist. Gut, daß sie den Wagen warten ließ!

Hubert rennt so schnell er kann: ins Tal hinunter und hinauf zum Bauern, der sogleich seine Schafe in den Stall treibt; und zurück ins Tal und auf der anderen Seite wieder hoch, seinem Haus zu. Er pflückt ein paar Blumen am Wegrand im Vorübereilen für Elisabeth.

Wie er ankommt, sitzt immer noch Barbara auf der Bank, bei ihrer Arbeit.

»Barbara!« ruft er. »Was machen Sie denn hier?«

»Die Mutter ist krank«, sagt das Mädchen, »und da bin ich gekommen und hab' Ihnen den Proviant gebracht... Aber Ihre Hosen schauen aus, Herr Gerold!«

»Seit wann sind Sie denn wieder im Land, Barbara?«

»Vorgestern bin ich aus dem Dienst zurückgekommen, aus Velden. – Eine Dame hat nach Ihnen gefragt...« Sie beobachtet scharf sein Mienenspiel in diesem Augenblick, die Barbara...

»Ist sie drin?« Er wendet sich schon ab, um ins Haus zu eilen.

Barbara hat sich wieder ihrer Arbeit zugewendet. »Nein«, sagt sie, »sie hat nicht hineinwollen.«

»Ja – wo ist sie denn hin?« fragt Hubert.

»Ich weiß nicht. Fort...« Erschrocken kehrt Hubert zu ihr zurück.

»Was – fort ist sie?«

»Ja, ich hab' mich auch gewundert. Zuerst hab' ich geglaubt, sie ist eifersüchtig«, und Barbara belustigt sich heimlich an der Vorstellung, daß eine solche Dame auf sie, die Barbara, eifersüchtig gewesen sein könnte. Sie steigt in der eigenen Achtung, wenn sie an eine solche Möglichkeit denkt... »Aber dann hab' ich sie beruhigt.«

»Was haben Sie ihr gesagt?«

»Ich hab' ihr gesagt, daß Sie vielleicht erst am Abend heimkommen.«

»Ja – und?«

»Und daß ich am Abend längst wieder zu Hause bin... Damit sie sich nichts denkt...!« Und sie sieht ihn an und lächelt kokett dazu. Wie schön, wenn man sich etwas denken könnte...

»Aha!« sagt der Hubert.

»Da war sie aber schon fort«, schließt Barbara den Bericht.

Unverständlich! Sie fährt so weit hierher, um ihn zu suchen, um mit ihm zu sprechen. Sie vereinbaren, daß sie beim Jägerhaus auf ihn warten soll. Und nun ist sie wieder weg. Nein, das ist nicht mit rechten Dingen zugegangen! Aber aus dieser Barbara ist ja nichts Gescheites herauszukriegen! Leise und langsam spricht Hubert:

»Barbara, mir scheint, Sie haben etwas ange-stellt...«

Nun ist es wieder still das Haus und düster. Kein Sonnenstrahl inneren Glücks, der über Treppen und Gänge und durch die Zimmer huscht!

Und du bist einsam, Hofrat! Einsam? Das warst du immer. Aber so einsam wie jetzt? Nein, so einsam wie jetzt warst du schon lange nicht!

Es hat den Höhepunkt längst überschritten, dieses Jahr, das so hoffnungsfroh begonnen, und neigt sich, neigt sich, so wie alles einmal sich neigen muß, dem Herbst zu.

Ja, der Herbst, der einsame Herbst, der ist es, den du immer gefürchtet hast. Nun kommt er. Nun ist er da.

Was hilft es, daß draußen die Wälder in allen Farben des Lebens prangen! Daß die Haselhähne pfeifen und bald die Hirsche schreien werden, was hilft das alles!

Einsam, Hofrat! Und wenn du einmal nicht mehr sein wirst – so wird dieses Haus einsam bleiben und vielleicht in andere Hände übergehen, in die Hände von Menschen, die von seinen hundert Überlieferungen und Geheimnissen nichts wissen, weil sie von dir nichts wissen und von dir nichts haben.

Es ist also fehlgeschlagen. Und wenn du abberufen wirst und deinem Sohn gegenübertreten mußt, Hofrat Leonhard, was wirst du ihm sagen können?

Du wirst ihm sagen, daß du dich ehrlich bemühtest, die Seele der Erbin an die Seele des Hauses zu fesseln, an die Erde, an die Überlieferung, an die alte Zeit, und daß es dir mißlungen ist. Hast du etwas versäumt, Hofrat? Hast du einen Fehler gemacht?

Nichts ist dir geblieben als die Musik auf deinem lieben alten Instrument, die allgewaltige Helferin und Trösterin Musik, Gefährtin der Einsamen, der Hilflosen, der Verzweifelten.

Mozart! Du bist der rechte Gefährte meiner Einsamkeit und dieser Stunde. Einsam wie ich warst du, verkannt, verlassen, verarmt, verscharrt wie ein Hund...

Ach, Musik! Was wäre, wenn sie nicht wäre?

Er sitzt und spielt, der alte Hofrat, und sein Sinnen vermählt sich mit dem Spiel, das den nächtigen Raum durchzittert.

Es ist spät, Hofrat!

Es wird kalt, Hofrat!

Die Kerzen sind heruntergebrannt, Hofrat!

Ja...

Da kommt auch schon der Kajetan, der alte, der treue. Aber er spielt weiter, der Hofrat. Er dreht sich nicht um.

„Ich weiß schon, Kajetan, ich soll schlafen gehen ...«

Er wird gleich Schluß machen, der Hofrat. Der Kajetan antwortet nicht. Er kommt heran und setzt sich, wie es scheint, in den Lehnsessel ...

Das tut er sonst nicht, der Kajetan, und der Hofrat muß sich umdrehen.

Das ist gar nicht der Kajetan! Nein, Elisabeth ist es!

»Liesl!« ruft der alte Mann, und ein Schreck durchfährt ihn, der nicht ohne Freude ist ...

Ja, sie ist es! Sie sieht müde aus, ja sie sieht bekümmert aus, die Liesl ...

Er springt auf.

»Um Himmels willen, wie siehst du denn aus?«

Er geht auf sie zu und faßt ihre Hand. Da beginnt sie zu schluchzen. Der Hofrat ist aufs äußerste bestürzt.

»So sag doch, was geschehen ist!« drängt er.

Aber sie sagt nichts. Sie sieht vor sich hin, und die Tränen rinnen ihr über das Gesicht. Er streicht ihr übers Haar. Er legt alle Zärtlichkeit in die Gebärde und in das Wort:

»Kind!«

Da sagt sie etwas, endlich, sie sagt etwas!

»Ich möcht' bei dir bleiben, Großvater!«

In Freibergs Atelier ist nun doch wieder alles, wie es war. Ich meine, wie es war, als Elisabeth im Sommer fortgewesen ist. Karin hat Elisabeths Platz eingenommen. Natürlich nur äußerlich! Allein sind sie deshalb doch nicht. Zu zweit kommt das Atelier zu teuer. An Stelle von Liesl ist eine Kollegin eingezogen, ein einfaches junges Mädel. Connie heißt es. Wie soll es schon heißen!

Max arbeitet wie immer. Aber es ist noch nicht zu erkennen, was es werden soll. Dabei murkst er schon fünf Tage daran herum.

Ach, soll das am Ende Karin sein?

Sie steht auf einem Sockel, malerisch drapiert, eine hohe Vase auf der Schulter. Sie ist zappelig. Es dauert ihr schon zu lange. Er aber denkt nicht daran, sie ausruhen zu lassen.

»Ich verstehe nicht, daß du unbedingt mich modellieren willst!«

»*Ich* will? *Du* wolltest!«

»Ich hab' aber nicht gewußt, daß das so anstrengend ist.« Sie beginnt zu schwanken vor Müdigkeit und verzieht wehleidig Gesicht und Körper. Er aber ist unbarmherzig.

»Mich strengt es gar nicht an.«

»Egoist!« schimpft sie mit aufgeworfenem Mund.

»Aber bitte – wenn es sein muß, ruh dich aus!«

Mit einem Seufzer läßt Karin sich vom Sockel fallen. »Gott sei Dank! Ich bin völlig gebrochen!« Dann sieht sie auf die Plastik, die immer noch formlos erscheint, obwohl sie der Vollendung nahe ist. »Übrigens – wie wird sie denn heißen?«

»Die da?« Er sieht eine Weile die Figur an und runzelt die Stirn dazu. Dann grinst er boshaft. »Dulderin mit Vase...«

»Ekel!« mault Karin. »Connie, was sagst du dazu?«

Die Kollegin blickt schlafmützig von ihrer Arbeit auf.

»Wozu? Ach so!« Sie erhebt sich, kommt langsam heran, mustert gründlich Freibergs neues Kunstwerk von allen Seiten.

»Das bist du?« fragt sie naiv.

»Hast du etwas dagegen?« fährt Max sie an.

»Nein«, beeilt sich Connie zu versichern. Sie läßt sich noch zu leicht einschüchtern von ihm. »Nur – sie kommt mir so ähnlich vor, direkt menschlich...«

Freiberg wäscht sich die Hände.

»Ich nehme sie mit nach Paris«, sagt er über die Schulter.

Karin springt auf. »Wir fahren nach Paris?«

Er sieht sie mit betonter Zurückhaltung an. »Wieso wir? Ich!«

„Ach – und ich darf nicht mit?« fragt Karin enttäuscht.

Er hat die Hände abgetrocknet und ist wieder herangekommen.

»Noch nicht«, sagt er väterlich. »Das nächste Mal!«

»Nein, diesmal!« Sie sieht bettelnd zu ihm auf.

Eigentlich ist sie ein hübsches Mädel, die kleine Karin, die grünäugige Katze, die Feuerhexe, die freche Eidechse, und ein liebes Mädel. Er sieht sie lange und prüfend an. So hat er sie noch nie angesehen... Dann schleicht sich ein Lächeln in seine Mundwinkel. Na denn – in Gottes Namen!

»Vielleicht!« sagt er.

»Na also!« seufzt sie auf und fällt ihrem Max um den Hals. –

Der Sommer ist dahin. Die Himmel sind blau, und in der Düsternis der Steilwälder stehen die Lärchen wie Fackeln lodernden Goldes. Noch im tiefen Abenddämmern haben sie ein zauberhaftes Licht, das von innen kommt. In der Unsicht der Dickichte pfeifen die Haselhähne. Ihr Lied ist wie Wassertropfen auf dunkles Gestein.

Die Nußhäher miauen und schwatzen und rätschen, was der Tag lang ist, und segeln von Baum zu Baum. Sie ernten und schöpfen mit vollen Schnäbeln, was diese sonst so karge Erde ihnen zu bieten hat. Noch nie war das Leben so schön!

Die Bussarde stehen regungslos im tiefen Blau, mit gespannten Schwingen, baden im warmen Aufwind, können sich nicht genugtun an Gleiten und Schweben in diesem Meer von Kristall. Die Freude am Leben und an der herbstlich verklärten Erde ruft aus ihnen.

Es ist eine schöne Zeit und jeder Tag ein Fest. Die Nächte sind voll Frost. Und in einer dieser Nächte tut das heiße, pochende Leben einen seltsamen Schrei, der aus den Tiefen des Waldes kommt, aus den Tiefen einer mächtigen Brust, und in einer Reihe von rauhen Seufzern endet, als würde jemand einem gewaltigen Schmerz oder einer großen Sehnsucht Ausdruck verleihen. Der erste Hirsch hat den ersten Brunftschrei dieses Jahres getan.

In den Nächten darauf und sogar an den Tagen darauf vervielfacht sich dieser Schrei in allen Waldweiten. Die Unruhe nimmt zu. In den Dickungen bricht es, und in den Büschen rauscht es. Dahin und dorthin sieht man sie ziehen, die Hirsche. Sie nehmen die Nasen tief, als wollten sie nach einer Fährte suchen. Kahlwild bricht durchs Gestrüpp, flüchtig ohne erkennbare Ursache, und die Kälber haben Mühe zu folgen. Etwas Neues, Gewaltiges ist in das Dasein des Rotwildes getreten, das alle Gefühle in Anspruch nimmt.

Da steht er, der alte Platzhirsch. Er ist grau vom Schlamm, weil er sich suhlte. Da steht er jetzt, großartig und gewaltig, und seine Stimme ist wie das Rollen eines Donners.

Im letzten Schein des Tages leuchten die weißen Geweihenden, und er hat ihrer viele! Röhrend dreht er sich um sich selbst. Von zwei Seiten kommt Antwort. Dann bricht es im Walddunkel, und plötzlich fliegt stampfend ein Hirsch heraus wie ein Schreckgespenst der Nacht. Starr steht der erste und äugt scharf nach dem Gegner. Mit einem Ruck reißt er den gewaltigen Körper zusammen, schleudert ihn vor mit der ganzen Schnellkraft seiner stahlharten Läufe, stürmt dem Angreifer entgegen.

Der wendet geschickt, und keuchend jagen sie auf dem Almboden umher. Dumpf dröhnt die Erde unter ihnen, und kleine Rasenstücke, von den scharfen Kanten ihrer Schalen ausgestochen, fliegen hoch durch die Luft, fallen prasselnd nieder.

Dann krachen die Geweihe zusammen, lange, in regelmäßigen Zwischenräumen. Sie geraten in den steinigen Hang, und einer will den anderen den Berg hinunterwerfen. Sie kämpfen erbittert, und kleine Steinlawinen rollen ab unter den stampfenden Läufen, klirren in die Tiefe.

Die Hirschbrunft ist in vollem Gang. Die Wälder widerhallen vom Schreien der Hirsche bei Tag und bei Nacht. Wie gewaltig ist diese Kraft, die das sonst so scheue Wild in seinem Wesen von Grund auf verändert, die Hirsche reißenden Bestien ähnlich macht, sie wie ein wilder Taumel erfaßt und durch die Wälder jagt, sie die Nächte durchtoben läßt und am Äsen hindert, so daß sie in kurzer Zeit vom Wildbret fallen!

Elisabeth ist viel in den Wäldern unterwegs um diese Zeit. Wie könnte es anders sein! Mit dem Großvater, mit dem Kajetan. Es gibt so viel zu erleben, und jeder Tag bringt etwas Neues und Schönes.

Nun spürst du sie, Mädchen, die heilenden Kräfte des Naturerlebnisses! Sie helfen dir zu vergessen, was hinter dir liegt, ja, endgültig hinter dir und abgetan für alle Zeit!

Sie pirschen, sitzen auf den Hochständen, Kajetan und Elisabeth. Sie sind gute Kameraden geworden.

»Na, Liesl«, sagt er, »bist noch immer so nachdenklich?«

Er weiß ja von nichts, der gute alte Kajetan. Aber was man anderen Leuten erst ausführlich erklären müßte, das spürt er. Elisabeth gibt ihm keine Antwort.

»Pst!« macht sie und legt den Finger an die Lippen.

Dort drüben ist gerade ein Hirsch ausgezogen. Sie heben die Gläser und schauen. Da fällt ein Schuß, bricht sich vielfach in den Wänden, hallt rollend wider aus allen Weiten.

»Wer hat da geschossen?« fragt das Mädchen.

Der Kajetan ist ruhig wie immer. »Da ist bestimmt der Erblehner«, sagt er. »Der Herr Hofrat hat ihm einen Hirsch zum Abschuß freigegeben, weil er sich bei der Gamsjagd so gut bewährt hat.«

So, der Erblehner, denkt Elisabeth. Der Erblehner ist noch da...

Dann muß sie etwas fragen.

Ist am Ende doch noch nicht alles endgültig abgetan, Elisabeth?

»Nimmt sich der Großpapa keinen Jäger mehr?«

Der Kajetan muß schnell einen Blick durchs Glas tun. Aber es ist unerfindlich, was er sieht. »O ja«, sagt er. »Er hat schon einen, aber frei ist er noch nicht.«

Der Tag ist so blau wie schon lange nicht. Das Gebirge steht wie ein Garten Gottes. Die Häuser haben weißgrüne Fahnen ausgesteckt, und an den Türen hat man Gewinde von Fichtenreisig angebracht, dort und da. Ist ein Fest heute?

Aber das Dorf ist wie ausgestorben. Ein Laut nur, der die Stunde beherrscht: eine Glocke läutet. Von oben kommt der Ton, vom Hang her, wo die Bergkapelle steht, die dem heiligen Hubertus geweiht ist, dem Schirmherrn der Jäger.

Dort sind sie beisammen, die Männer, Frauen und Kinder aus Hochmoos. Aber das kleine Kirchenschiff kann sie nicht alle fassen. Vor der Tür haben die Jäger sich aufgestellt, in festlicher Tracht und doch so, als wären sie gerade von der Pirsch gekommen: mit Gewehr und Rucksack und den braven Hund an der Seite.

Sollen alle ihren Segen bekommen an diesem

Tag, die Männer, die Waffen und die treuen, vierbeinigen Gefährten ...

Die Messe ist beendet. Der Priester tritt aus der Kirchentür, und die Jagdhörner blasen den Waidmannsgruß. Auf einem bekränzten Gestell tragen sechs Jäger den Hirsch heran, den der Erblehner gestern erlegt hat. Sie kommen und legen ihn vor den Kirchenstufen nieder. Auch das Wildtier soll in den Segen mit einbezogen sein.

Ja, da sind sie nun alle zusammengekommen, die Männer, die die Büchse durch die Wälder tragen, jahrein, jahraus, auf stillen, geheimnisvollen Wegen, in ihren grünen Röcken, frühmorgens und abends oder in der brennenden Sonne, im Nebel und im Schneesturm, im jauchzenden Frühjahr und in der stillen Wehmut des Herbstes.

Da stehen sie, ohne äußere Regung, die verwitterten Filze auf den Köpfen, mit den Beutezeichen: Bärten von Gams und Hirsch und Hahnenfedern, die Bergstöcke in den Fäusten und die Linke um den Büchsenlauf geschlossen, wie Steinbilder, und ihre harten, sonnebraunen Gesichter sind dem Gottesdiener zugewandt, der dort oben steht und heute für sie sprechen, zu ihnen sprechen wird, nur zu ihnen allein. Sie schauen auf ihn aus diesen lichtgewohnten scharfen Augen, die immer in eine Tiefe, in eine Weite zu dringen scheinen.

274

„Heute ist Hubertustag«, beginnt er, »der Tag aller jener, die dem rauhen und doch zutiefst frommen Manneswerk der Jagd verschrieben sind aus einer inneren Berufung, aus einer reinen, gläubigen Anschauung des Lebens. Aber er soll euch Jägern nicht nur ein Fest der frohen Gemeinsamkeit, der brüderlichen Verbundenheit mit Gleichgearteten sein, sondern auch ein Tag des Dankes, des Erntedankes an den Schöpfer für all das Köstliche, das euer Waidwerk euch schenkte an Erleben und an Beute!

Da wollen wir uns aber auch daran erinnern, daß die Uferlosigkeit der Zivilisation, die für uns alle eine Bedrängnis bedeutet, gerade dem Jäger ein hohes Amt und eine heilige Verpflichtung auferlegt: Kein Tier, das heute noch frei lebt, keine Pflanze, die auf dem Heimatboden wächst, darf untergehen durch die Schuld des Menschen! Sie sind ein Stück Gottesnatur, ein Stück Heimat, ein Stück von uns selbst. Wer soll besser dafür sorgen können als der Jäger? Wer soll den kommenden Geschlechtern verantwortlich sein, wenn nicht der Jäger?

Der Jäger muß vor allem schützen, behüten und bewahren!

Denn je mehr Menschen auf der Erde leben und je mehr Ansiedlungen entstehen, um so größer wird die Sehnsucht werden nach einer Blume, die nicht von einem Gärtner gepflanzt ist, nach einem Tier, das nicht hinter Gittern lebt, nach einer Erde, die kein Pflug berührt hat, und nach einem Gewässer, das noch frei in seinen Ufern rauscht.

Ihr Jäger müßt sorgen, daß den Menschen bewahrt bleibt, was sie einst brauchen werden, morgen mehr als heute!«

Was hat er denn, der Jäger Balthasar, der von so weit hergekommen ist, was hat er denn? Ist ihm eine Mücke ins Auge geflogen? Er blinzt und zwinkert und verzieht das Gesicht. Und der dort, der Anderl von der Hochalm, fährt gar mit dem Finger in den Augenwinkel.

Hör auf, Pfarrer, du machst uns die Herzen weich!

Aber er hört nicht auf, dieser Pfarrer, er nicht. Es sind so manche dabei, die sich das ganze Jahr über nicht in der Kirche sehen lassen, weil sie glauben, daß sie dem Herrgott ohnehin nahe genug sind, wenn sie durch die Wälder gehen und auf die Berge steigen. Heute aber hat er sie alle beisammen, der Pfarrer. Er will die Gelegenheit nützen, um ihnen einmal zu sagen, was zu hören ihnen gut ist!

Er kennt sie, diese gütigen Herzen, die dennoch manchmal hart erscheinen. Es tut nichts, wenn man sie anrührt, einmal im Jahr. Er kennt sie und er spielt darauf, wie ein anderer auf einer Orgel spielt.

»Der Jäger ist ein Stück Bauer und ein Stück Soldat, und sie haben alle drei einerlei Ehre!« spricht er. »Aber wie der Bauer nicht ernten kann, ohne zu säen, so darf auch der Waidmann nicht jagen wollen, ohne zu hegen. Und es muß eine große Liebe sein in allem, in der Saat und in der Ernte, im Hegen wie im Jagen, in der Bauernarbeit und in der Jägerarbeit. Liebe und Ehrfurcht, Ehrfurcht vor dem Leben und vor dem göttlichen Schöpfer! Wo keine Ehrfurcht ist, dort hört auch die Ehre auf. Wo die Bauernehre schwindet und nur noch der Bauernstolz bleibt, dort geht der Bauer vom Hof. Und wo keine Jägerehre ist, dort müßte dem Jäger das Gewehr weggenommen werden für immer!«

Der Hofrat Leonhard und der Kajetan stehen inmitten der Jäger, und Elisabeth steht neben ihrem Großvater. Sie atmet tief und glücklich, weil sie vorbehaltlos mit einbezogen ist in das kultische Geschehen dieses Tages. Sie ist keine Fremde mehr. Sie gehört dazu, sie ist eingeschlossen in die Gemeinschaft des Dorfes, in die große Einheit der Landschaft und ihres Lebens. Sie ist daheim.

Sie tut einen Blick ringsum in diese guten, kantigen Gesichter, sie sieht in den Himmel über sich und nach den ragenden Bergen. Weit weg ist die große Stadt, in der sie einst verwurzelt war. Kann man in einer Stadt überhaupt verwurzelt sein? Weit weg ist sie und so bedeutungslos wie ein altes Stück Papier, das man zerknüllt und in den Bach wirft, der es mit sich nimmt auf Nimmerwiedersehen.

Spürst du den Blick nicht, Mädchen? Von dort drüben kommt er, aus der Gruppe der Jäger, die auf der anderen Seite steht. Es ist ein guter Blick. Jetzt spürst du ihn und wendest den Kopf dahin...

Er geht in dich ein, dieser Blick, ganz tief, bis ins Herz, nicht wahr, und ein freudiges Erschrecken erschüttert dich. Und über ein ungläubiges Staunen hinweg findet dein Antlitz ein Lächeln, so strahlend, wie es seit langem nicht mehr gelächelt hat.

Nun lächelt auch er, der dort drüben steht, und er neigt den Kopf und grüßt dich, Elisabeth. Tu desgleichen!

»Großpapa«, flüstert Elisabeth, »wieso ist Hubert hier?«

Er hat diese Frage erwartet, früher oder später, der Hofrat. Er wendet sich seiner Enkelin zu.

»Das ist unser neuer Jäger!« spricht er bedeutsam und mit einem hintergründigen Lächeln. Dann hebt er den Finger an die Lippen. Pst! Der Pfarrer spricht noch!

»Der Jäger hat das heilige Erbe der Jagd zu treuen Händen übernommen, um es den kommenden Geschlechtern zu erhalten.

Seid stolz darauf, daß ihr den grünen Rock und die Waffe tragen dürft als Zeichen eurer Berufung!

Seid stolz, aber auch gütig und still, so wie die ewige Gottesnatur stolz, still und gütig ist, der ihr dienen wollt! Laßt euch emporheben durch die Größe der Verantwortung, die ihr zu tragen habt als die Bewahrer eines lebendigen Schatzes, der allen Menschen gehört, die guten Willens sind!

Öffnet weit und dankbar eure Herzen für die tausendfältigen Wunder, die eine gütige göttliche Ordnung gerade an den Weg des Jägers gestellt hat! Allen frommen Jägern in den Weiten unserer Berge und Wälder, in der Weite der Felder und in aller Welt – Waidmannsheil!«

Er ist zu Ende, der Pfarrer.

Und wie er die Stufen herabsteigt, um den Hubertushirsch und sie alle zu segnen, da rutscht diesen rauhen, bärbeißigen Kerlen, die sonst unter gar keinen Umständen Nacken und Knie beugen, auf einmal der Boden unter den Füßen weg, so daß sie niederknien müssen, ob sie wollen oder nicht.

Jetzt schlagen die Kirchenglocken an, und die Hörner klingen. Aber was ein rechtes Jägerohr ist, das hört hinter dem Läuten und dem Hörnerschall noch einen anderen Ton. Og, og macht es und kr, kr!

So daß der Kajetan den Blick heben und verstohlen in die Höhe schauen muß. Dort fliegen sie, die Raben! Sie schweben und kreisen und gleiten, zwei Punkte im All, höher und immer höher, und ihr Gefieder glänzt auf, sooft sie wenden. Fern, in der sonneatmenden Weite des Gebirges, verschwinden sie.